관상왕의
1번룸

관상왕의 1번 룸 8

가프 장편 소설

초판 1쇄 찍은 날 § 2015년 9월 17일
초판 1쇄 펴낸 날 § 2015년 9월 24일

지은이 § 가프
펴낸이 § 서경석

편집책임 § 한준만

펴낸곳 § 도서출판 청어람
등록번호 § 제387-1999-000006호
등록일자 § 1999. 5. 31
어람번호 § 제1-2234호

주소 § 경기도 부천시 원미구 부일로 483번길 40 서경B/D 3F (우) 420-822
전화 § 032-656-4452 팩스 § 032-656-4453
http://www.chungeoram.com
E-mail § chungeorambook@daum.net

ⓒ 가프, 2015

ISBN 979-11-316-90416-5 04810
ISBN 979-11-316-90237-6 (세트)

가프 장편 소설

관상왕의 1번룰

8

FUSION FANTASTIC STORY

도서출판 청어람

CONTENTS

제1장

천기를 누설해 다오.

부장 회의를 소집하기 전, 길모는 잠시 고민에 싸였다.

사우디아라비아 왕자 접대로 올린 매상 30억! 원가를 빼고도 25억 가까이 남는 돈이었다. 더구나 이 건은 길모의 단독 매상이었다. 부장들이 도와주기는 했지만 시작은 길모 박스가 맡은 일이기 때문이었다.

다만!

그사이에 변수가 생겼다.

전처럼 방규태가 사장이라면 아무 문제가 없었다. 매상의 6할은 당연히 길모의 차지가 되는 것이다. 하지만 이제 카날리아의 주인은 길모였다.

사장으로서 택할 길은 두 가지였다.

독차지하거나, 사기 진작을 위해 분배하거나.

장악력이 강력한 사장이라면 당연히 독차지할 수 있었다. 그러나 길모는 이제 막 카날리아를 인수한 시점. 더구나 부장들은 이제껏 형님으로 대우하던 사람들이었다.

'네가 언제부터 사장인데?'

길모는 알고 있다. 그들 마음속에 은연중에 남아 있는 우월감과 무시하려는 마음. 그건 모든 인간의 본능과도 같았다.

'어쩐다?'

길모는 고민에 빠졌다. 카날리아를 인수한 후에 첫 리더십 시험대에 오른 셈이었다. 고통이다. 돈이 결부되는 일은 언제나 그렇다. 차라리 이익금을 몽땅 헤르프메에 기부하면 시원할 것 같지만 그것도 마땅치 않았다. 부장들은 길모와 생각이 다를 것이다.

돈!

그 현실 앞에서 관상의 도를 쌓아가던 길모가 고뇌하기 시작했다. 도와 돈은 받침 하나가 틀릴 뿐이다. 하지만 현대사회에서 둘은 거의 한 몸처럼 움직이기도 한다.

도전불이(道錢不二)!

즉 도와 돈은 하나인 셈이었다.

기마이!

길모는 결국 방 사장의 전략을 따르기로 했다. 기마이는 돈을 쓰는데 있어 차상의 미덕이었다. 기분 좋게 지르는 것이다. 도를 넘지만 않으면 최상으로 꼽히는 적선에 버금가는 효과를 낼 수도 있었다.

'1억!'

길모 머리에 현금 뭉치가 떠올랐다. 이른바 당근 정책으로 부장들에게 오너의 파워를 보여줄 생각이었다.

결정을 내린 길모는 노은철에게 전화를 걸었다. 부장들과의 계약 문제 때문이었다. 텐프로 계약서가 별것 아닌 것 같지만 때로는 그게 화근이 되어 칼부림이 나는 경우도 있었다. 그러니 이제 사장이 된 바에는 잘 짚고 넘어가는 게 좋았다.

"1억?"

부장들의 반응은 좋았다. 특히 이 부장과 강 부장이 그랬다. 평소보다 조금 일찍 출근한 부장들은 5만 원권 현찰 스무 다발씩을 보고 벌린 입을 다물지 못했다.

현찰!

길모가 이 방법을 택한 데는 이유가 있었다. 1억 수표 한 장이면 간단할 일. 하지만 인간은 분위기의 동물이다. 수표 한 장보다는 빳빳한 5만 원권 1억이 더 효과적이다. 그래서 인간은 세속적이다.

"다시 말씀드리지만 어제 일은 세 형님들이 도와주지 않으면 불가능했을 겁니다. 그러니 계약금으로 아시고 잘 이끌어주시면 고맙겠습니다."

길모는 겸손하게 부장들에게 말했다.

"우리야 어차피 할 일 한 거고 평소 매상까지 보전해 준다고 들었는데 웬 돈이야? 홍 사장도 건물 인수하느라 빚냈다던데 그거나 갚지."

서 부장은 현찰 봉투를 다시 밀어놓았다.

"아닙니다. 어제 수익금으로 급한 수리도 하고 주류도 채우고 빌린 돈도 좀 갚을 수 있습니다. 그러니 받아두시고 대신 계약서는 새로 사인해 주세요."

"야, 홍 사장. 뭘 귀찮게 새로 하냐? 방 사장님 룰대로 간다며? 그냥 쓰면 되지."

"저도 그러고 싶은데 천 회장님이 원하셔서……."

길모는 상관없는 천 회장을 이유로 내세웠다. 그게 노은철의 권유였다. 무일푼 길모에게 거액을 배팅한 천 회장. 그가 막후의 숨은 주인으로써 원한다는 데야 무슨 이의가 있을까? 더구나 그는 계약 관계에 민감한 사채업계의 큰 손이 아닌가?

"홍 사장님 말대로 하자고. 아, 돈이 1억이나 생기는데 무슨 일을 못해?"

강 부장이 먼저 사인을 했다. 그러자 강 부장과 서 부장도 그 뒤를 따랐다.

"아까 수리비 얘기하던데 무슨 계획이라도 있냐?"

서 부장이 물었다.

"별건 아니고요, 일단 복도 끝에다 위쪽 1층으로 이어지는 관상룸을 하나 내보려고 합니다. 손님들 중에 일대일로 관상을 물어보고 싶어 하는 분들이 계셔서… 형님들 생각은 어떠십니까?"

길모는 겸손하게 말했다.

"야, 이제 네가 사장인데 뭘 물어보냐? VVIP 룸 하나 만드는 건데."

돈에 정신이 팔린 이 부장은 이래도 좋고 저래도 좋다는 식이었다.

"나도 별 이의 없다."

서 부장이 찬성하자 강 부장도 그 뒤를 따랐다.

"그리고… 제가 어쩌다 가게를 인수하긴 했지만 형님들 하고 똑같이 뛸 겁니다. 그러니까 호칭도 그냥 전처럼 홍 부장으로 하시고요, 주제넘지만 가게가 잘되면 형님들도 독립시켜 드릴게요."

"어이쿠, 말만 들어도 배부르다. 땡큐!"

강 부장이 밝은 목소리로 대답했다.

그렇게 회의가 끝나갈 무렵이었다. 장호가 복도에서 노크를 해왔다.

"왜 그래?"

문이 열리자 이 부장이 물었다.

[저기…….]

장호는 굳은 표정으로 수화를 그려댔다.

[기자들이 몰려왔어요.]

"기자들?"

길모의 눈이 휘둥그레졌다. 그건 부장들도 마찬가지였다.

"야, 사우디아라비아 왕자 건인가 보다. 나가보자."

이 부장이 먼저 엉덩이를 들었다.

"형님! 잠깐만요."

"왜? 보아하니 다 알고 온 모양인데 확 까발려서 방송 좀 타자. 그럼 당분간 미친 듯이 대박날 거다."

"아닙니다. 이 일은 제게 맡기고 영업 준비나 부탁드립니다."

"왜? 아직도 보안이냐?"

"제가 일단 만나보고 상황 봐서 대처하겠습니다. 그러니 아가씨들 입단속을 잘 부탁드립니다."

길모는 그 말을 남기고 일어섰다.

[일단 1번 룸으로 안내해 두었어요.]

길모는 장호를 따라 1번 룸에 들어섰다.

"혹시 홍 부장님!"

1번 룸에서 웅성거리는 기자들은 네 명. 그중에서 가장 연배가 높은 기자가 먼저 입을 열었다.

"그렇습니다만."

"나 우리일보 공재도 부장입니다. 어제 여기서 희대의 접대가 있었다면서요?"

"희대의 접대라고요?"

"아, 왜 이럽니까? 사우디아라비아 왕자께서 다녀갔다는 거 다 알고 왔어요."

"뭐 잘못 알고 오신 거 아닌지……."

길모는 일단 방어막부터 펼쳤다.

보안!

그건 TPT와의 약속이었다. 물론 접대가 성공리에 끝나긴 했지만 고객에 대한 예의를 지키고 싶었다.

"이봐요, 우리 도하 빵빵한 4대 일간지입니다. 이거 당신도 대박 나는 일이에요."

"그럼요. 사우디아라비아 왕자를 모신 룸싸롱. 이거 기사 나가면 손님들 구름처럼 몰릴 겁니다."

옆에 있던 기사들이 가세해 길모를 압박하기 시작했다.

"죄송합니다만 룸싸롱이 아니고 텐프로입니다만……."

"말장난하지 말고 공개하세요. 이거 다시없는 기회입니다."

다시 공 부장의 공세가 시작되었다.

"저도 그러고 싶지만 없는 사실을 만들어서 말하란 말입니까? 아까 어느 나라 왕자님이라고요?"

"……?"

길모가 워낙 정색을 하자 기자들이 서로를 돌아보았다.

"진짜 안 왔습니까? 사우디아라비아 왕자. TPT 그룹에서 비밀리에 여기로 모시고 왔다고 하던데?"

"나가주시죠. 개시도 하기 전에 무슨 헛소리들이십니까?"

"어? 여기가 아닌가?"

"이 기자, 소스 어디서 나온 거야? 다시 한 번 확인해 봐."

공 부장이 젊은 기자를 윽박질렀다.

"여기 맞는데… 분명 카날리아라고 들었는데……."

"홍 부장님!"

공 부장이 길모를 바라보았다.

"예."

"거짓말하시면 재미없습니다. 우리 힘으로 여기 썹으려면 얼마든지 썹을 수 있다는 거 아시죠?"

"아, 진짜… 그럼 그냥 왔다고 내주십시오. 우리야 뭐 어차피 손해날 거 없겠네요. 설령 오보로 나간다 해도 손님은 몰릴 테고. 매상은 한 3억 나왔다고 하면 될까요?"

"…에이, 가자고!"

길모가 천연덕스럽게 대꾸하자 공 부장이 기자들을 이끌고 일어섰다.

"나가서 아가씨들 출근하면 입단속하고 혹시 모르니까 택시 타고 오는 애들은 뒷문으로 입실 시켜라."

길모는 장호와 보조들에게 엄명을 내렸다.

상대는 기자들!

기왕 시치미를 뗐으니 끝까지 밀어붙여야 했다. 그러자면 아가씨들 입까지도 막아야 할 길모였다.

그러나 이미 나름 정보를 안고 찾아온 기자들도 그냥 물러서지는 않았다. 그들은 차에서 내리는 아가씨들을 공략하기 시작했다. 부장들이 나와 있었지만 역부족이었다. 출근 시간대가 되면서 아가씨들이 몰린 것이다.

[형!]

혼란 속에 장호가 달려왔다.

"무슨 일이야?"

[기레기들이 결국 아가씨 하나를 채갔어요.]

"……!"

길모, 머리카락이 쭈뼛 치켜 올랐다.

"누구야?"

[잘 모르겠어요. 제가 목화 빼돌릴 때 멈춘 택시라서.]

"이런 젠장, 어디로 갔어?"

[길 건너 취재 차량으로…….]

장호가 바삐 수화를 그려댔다. 길모는 건널목으로 달렸다.

그런데!

횡단보도를 건너기 무섭게 취재 차량에서 내리는 기자가 보였다.

"가시오, 가!"

기자는 짜증을 내며 카날리아를 가리켰다.

사박!

차에서 내린 사람은 혜수였다.

'혜수?'

다소 안심이 되지만 그래도 놀란 입을 다물지 못하는 길모.

"아저씨, 그날이에요? 묻는 말에 대답해 줬는데 웬 짜증?"

차에서 내린 혜수가 기자를 향해 쏘아붙였다.

"혜수!"

"부장님, 잠깐 기다리세요."

혜수는 할 말이 남은 듯 기자를 돌려세웠다.

"사과하세요. 그럴 거면 왜 바쁜 사람 데리고 왔는데요?"

"아, 이 아가씨가 진짜……."

"사과하라니까요."

"왜 그러는데?"

지켜보던 길모가 끼어들었다.

"이 기자 아저씨가 반강제로 사람을 잡아끌더니 괜히 짜증을 작렬시키잖아요. 남은 지각비 내게 생겼구만."

"……."

영문을 모르는 길모는 기자를 바라보았다.

"알았으니까 가라고요. 내가 잘못했다고요."

기자는 계속 몸서리를 쳤다.

"홍연이랑 같이 안 온 거야?"

"잠깐 들릴 데가 있어서 애들 먼저 보냈어요. 그랬더니 저런 고춧가루가 끼네."

"차 안에서 일어난 시나리오는 안 들려주냐?"

도로 중간까지 건너온 길모가 물었다.

"뭐 별거 아니에요. 그냥 재미나게 놀아준 것밖에는……."

"사우디아라비아 왕자 왔냐고 물었지?"

"네!"

"그래서?"

"왔다고 했어요."

"……?"

길모, 걸음을 멈추고 혜수를 바라보았다.

"뭐예요? 그 눈초리는… 부장님이 그렇게 강조했는데 설마 내가 이실직고를 했겠어요?"

"했다며?"

"우리 집 고객은 다 사우디아라비아 왕자급이라고 했어요. 날마다 와서 우리 지갑 채워주니 다 왕자님 아니냐고……."

"……!"

"잘했죠?"

그러면서 사랑스럽게 웃는 혜수. 정말이지 길모는 하마터면 길거리에서 혜수를 끌어안아 버릴 뻔했다.

"이거 마셔요."

혜수가 내민 건 한약 주스였다.

"뭐야?"

"숙취 제거에 좋은 거예요. 어제 너무 뽀지게 달렸잖아요? 빨리 마시고 속 푸세요."

"그럼 이거 사려고?"

"그보다 더한 거라도 해주고 싶었는데 그것밖에 없다네요."

"……."

"사랑해요."

문 앞에 나온 홍연을 보더니 혜수는 그 말을 남기고 뛰었다. 그런 다음 홍연의 손을 잡고 깔깔거리며 웃는 혜수. 공사는 확실히 가리는 여자였다.

네 선택은 옳았다. 홍길모.

길모는 가만히 자신을 돌아보았다. 운명이었다. 술에 취해서 벌어진 한순간의 해프닝은 아니었다. 그랬다면 멀쩡히 술을 깬 지금 혜수 앞에서 가슴이 둥방거리지는 않았을 테니까.

가만히 돌아보니 기자들 몇이 차 앞에 모여 수군거리는 게 보였다. 결과는 그들의 포기였다. 카날리아를 한 번 돌아본 기자들은 아무 소득도 없이 철수하고 말았다.

'과연 혜수.'

웃음이 나왔다. 다른 아가씨라면 기자들의 기세에 놀라 입을 열었을 수도 있었다. 그런데 혜수는 오히려 기자들을 데리고 놀았다. 그 결정타 때문에 김이 샌 기자들이 지지(GG)를 선언한 것이다.

그날 이 소동 아닌 소동의 정리는 TPT 그룹 측에서 해주었다. 부사장 송욱이 전화를 걸어온 것이다.

—홍 부장님!

"네, 부사장님."

─혹시 사우디아라비아 왕자 접대 건으로 기자들이 가지 않았습니까?

"왔었습니다만 일단 부인했습니다."

─알고 있습니다.

"안다고요?"

─방금 신문사 지인에게 연락이 왔었습니다. 다른 쪽 라인에게 우리 정보가 샜는데 확인차 카날리아에 나갔던 기자들이 헛물을 켜고 돌아왔다고.

"아, 네……."

─정보는 저희 비서실에서 새나간 것으로 확인되었고 책임자와 함께 누설 직원들을 징벌했습니다.

"……."

─고맙습니다.

"별말씀을."

─아닙니다. 보고를 받은 회장님도 감동한 눈치입니다. 중역회의 중에도 말씀하시길 작은 술가게도 신의를 목숨처럼 아는데 우리 같은 대기업의 시스템이 이 꼴이냐며 임원들을 질타하셨습니다.

"그, 그건……."

─여러 모로 고맙고 배울 점이 많았습니다. 근간 따로 한 번 찾아뵙겠습니다.

"예. 그나저나 왕자님 분위기는 어떠신지?"

─부장님 덕분에 아주 우호적입니다. 방한 일정 중에서 카날리아에서의 일을 첫 손에 꼽아주시더군요.

"영광입니다. 그럼 이만……."

─잠깐만요!

길모가 마무리를 지으려 할 때 송욱이 막고 나섰다.

─본론은 이제부터입니다.

"무슨 다른 하실 말씀이 있는 겁니까?"

─예!

"……."

─아까 기자들 보고를 받은 회장님께서 사우디아라비아 측의 동의를 얻어내셨습니다.

"동의라고요?"

─왕자님 접대 말입니다. 술 한 잔도 마시지 않고 훌륭하게 치룬 접대인 데다 기자들이 냄새를 맡았으니 차라리 공개하는 게 좋겠다고…….

"네?"

─저희가 공개하는 형식으로 발표를 하겠습니다. 그러니 부장님도 더 이상 시달리지 않으셔도 됩니다.

"……!"

─이의 있으십니까? 그렇잖아도 회장님께서 부장님 의견을 반영하라시기에.

"제가 무슨 이의가 있겠습니까?"

─그럼 발표하겠습니다. 며칠 기자들이 북적거려서 매상에 지장이 생기면 회장님께서 전부 보전해 드리겠다는 뜻도 함께 참고해 주십시오.

"저… 그럼 그날 있었던 매상 공개를 해도 되는 겁니까?"

─그건 부장님 마인드에 맡기겠습니다.

송 부사장은 그 말을 끝으로 통화를 끊었다.

사우디아라비아의 왕자!

그가 다녀간 사실을 공개해도 된단다.

문제 삼지 않겠단다.

'대박!'

길모는 주먹을 불끈 쥐었다. 카날리아 홍보에 더 없는 찬스였다.

*   *   *

펑펑!

다음 날, 카날리아는 난리가 났다. 대낮부터 처들어온 기자들 때문이었다. 취재 차량만 자그마치 20대가 넘었다. 주변 상권의 사람들도 빠지지 않았다. 마 약사 역시 인파들 속에서 고개를 기웃거리며 동향을 살피고 있었다.

"동방매일 장순식 기자입니다."

1번 룸의 촬영을 끝낸 기자들이 질문을 시작했다. 길모는 1번 룸을 기자회견장으로 결정했다.

"사우디아라비아 왕자는 뭘 마셨습니까?"

"우리 차와 지리산에서 올라온 버섯으로 만든 요리, 그리고 보이차를 곁들였습니다."

대답하는 길모 곁에는 세 부장이 포진하고 있었다. 기자회견이 결정되자 길모가 세 부장까지 합세시킨 것이다.

"술은 안 마셨습니까?"

"절대!"

"한 모금도 안 마셨다 이거죠?"

"그렇습니다."

"중간일보 서대철 기자입니다."

잠시 후에 질문자가 바뀌었다.

"알 야세르 왕자께서 카날리아를 찾은 이유는 무엇입니까?"

기자가 돌려 물었다. 이미 TPT에서 보도자료를 받은 기자들. 그러니 이유를 모를 리 없었다.

"관상에 대한 호기심으로 알고 있습니다."

길모는 돌아가지 않았다.

"홍 부장님께서 TPT 송 회장님의 급병을 관상으로 맞춘 적이 있다던데 사실입니까?"

"……."

"대답해 주십시오."

"맞습니다."

"우!"

길모가 대답하자 기자들 사이에서 신음이 새어 나왔다.

"사우디아라비아 왕자의 관상을 보았습니까?"

"물론입니다."

"그가 궁금해한 일은 무엇입니까?"

이번에 나선 건 우리일보의 공재도 부장이었다.

"그냥 일상적인 관심이었습니다."

"좀 더 자세히 말해주십시오."

"저희 가게에 오신 분들은 전부 고객입니다. 고객의 프라이버시와 일상을 지켜주는 것 또한 웨이터의 의무이기에 자세한 사항은 말씀드릴 수 없습니다."

"국민들이 궁금해하는 사안입니다. 일부라도 공개하면 안 되겠습니까?"

"그냥 보통 사람들과 같은 호기심 차원으로 생각하시면 될 것 같습니다."

"혹시 사우디아라비아 대권에 대한 관상을 본 건 아니고요?"

길모가 말려들지 않자 공 부장이 돌직구를 날려왔다.

"너무 질러가셨습니다."

길모는 유연하게 받아쳤다. 여기는 관상왕의 1번룸. 그러니 기자들에게 휘둘릴 길모가 아니었다.

"머문 시간은 어느 정도입니까?"

다시 기자의 차례가 바뀌었다.

"한 시간 정도 머문 것으로 기억합니다."

길모가 대답하는 순간 공 부장의 눈빛이 반짝거렸다.

"아가씨를 배석시켰습니까?"

"우리 가게는 텐프로입니다. 손님은 자기 의향에 따라 아가씨를 부를 수도 아닐 수도 있습니다."

"불렀다는 겁니까? 아니라는 겁니까?"

"제가 매상 때문에 앉혔습니다."

이번에는 길모가 먼저 돌직구를 날려 버렸다.

"와하하핫!"

솔직한 배포에 기자들이 웃었다.

"아가씨 팁은 얼마나 주던가요?"

"자꾸 잊어버리시는데 저희 가게는 텐프로입니다. 따라서 봉사료가 따로 책정되지는 않습니다."

"그럼 매상을 좀 공개해 주시겠습니까?"

기자가 다시 물었다.

"자세한 건 말씀드리지 못하지만 억대인 건 확실합니다."

"억, 억대?"

기자들 일부에서 탄식이 새어 나왔다.

"저희가 영업 준비를 해야 해서 말입니다. 마지막 질문만 받고 끝냈으면 합니다."

길모는 계속 주도권을 쥐고 나갔다.

"알 야세르 왕자의 반응은 어땠습니까? 관상에 만족하고 갔습니까?"

"제가 알기로는 그렇습니다."

길모는 짧은 대답으로 기자회견을 끝냈다.

"저기, 홍 부장님!"

서 부장이 룸 문을 열자 중간일보 기자가 손을 들고 나섰다.

"말씀하시죠."

"관상 말입니다. 저희가 몇 군데 알아보니 부장님 관상 실력이 신기에 가깝다던데 사실 확인도 할 겸 검증 기회를 가졌으면 합니다."

'검증?'

질문한 기자와 길모의 눈이 허공에서 충돌했다. 검증. 기자라면 꼭 짚고 넘어갈 걸로 생각했던 길모.

"실력 한 번 발휘해 봐. 그래야 기사도 팡팡 나갈 거 아냐?"

혼자 잔뜩 고양된 이 부장이 길모의 어깨를 치며 말했다.

"서대철 기자님!"

길모는 기자를 바라보며 말을 이어갔다.

"기자 시험에 세 번 낙방하고 네 번째에 붙었죠? 그리고 작년에 차장 승진심사에서도 물을 마셨습니다. 다행히 처복이 있어 그 직후에 결혼한 사모님 덕분에 이번에 다가올 승진에서는 성공하게 될 겁니다. 아, 그 무렵에 사모님께 득녀를 하실 걸로 보이네요."

"……!"

길모의 말이 끝나기도 전에 서 기자의 눈에는 경이로움이 가득 차 있었다.

"이봐. 맞는 소리야?"

옆에 있던 기자가 확인 차 물었다.

"귀, 귀신이네. 내 개인정보 퍼낸 거 아닙니까?"

놀란 서 기자가 길모를 바라보았다.

"그럼 먼저 운을 떼시죠. 알고 싶은 게 뭔지…….."

길모는 아예 선택권을 넘겨줘 버렸다.

"우리 부모님… 두 분 중에 누가 먼저 돌아가셨는지 맞춰보시오."

"……."

"어렵나?"

"별로요. 기자님의 부모님은 부친께서 먼저 사망하시고 모친께서 그다음입니다. 벼락이 떨어지듯 간발의 차이로군요."

"……!"

이번에는 쓰러질 듯 흔들리는 서 기자.

"틀린 거 아니야? 서 기자 부모님은 교통사고로 같은 시간에 돌아가셨잖아?"

동료 기자가 입을 열었다.

"아니야. 병원에서 확인했었는데 아버지께서 한 3분쯤 먼저…….."

"우!"

다시 한 번 기자들의 탄식이 쏟아져 나왔다.

"그럼 나도 한 번 맞춰보시오. 내 몸 한 곳이 부실한데 어디입니까?"

"부실한 게 아니라 없군요. 왼편 신장 한쪽."

"……!"

이번에는 신음도 나오지 않았다. 길모의 말은 한 치의 틀림도 없었다. 기자가 자기 신장을 신부전을 앓는 형에게 기증했기 때문이었다.

"천기누설이군."

"신묘막측이야!"

기자들은 저마다 자신만의 감탄사를 쏟아냈다.

"고맙습니다. 그럼 이제 그만."

인사를 마친 길모가 문을 가리켰다. 기자들은 망설였다. 처음에는 사우디아라비아의 왕자 접대 건으로 달려온 기자들. 하지만 그들은 이미 길모의 관상 파워에 홀려 주제를 잊고 있었다.

"아, 기자들 진짜 끈질기네."

주차장이 훤해지자 이 부장이 몸서리를 쳤다. 현장을 정리한 장호와 보조들도 혀를 내두르기는 마찬가지였다.

"수고했다. 어찌나 노련하고 듬직한지 아주 딴사람 보는 것 같았어."

서 부장은 길모의 어깨를 두드리며 격려의 마음을 전해왔다.

"나도 그래. 진짜 옛날의 길모가 아니네."

이 부장도 격려에 동참했다.

"보아하니 내일 신문방송에 날 거 같은데 잘된 거 같다. 그 틈에 맞춰 개업식 거하게 하면서 손님들 모셔서 분위기 좀 장악해 보자. 우리라고 맨날 강남에 눌려 살 필요는 없지."

서 부장의 말에 길모는 공감했다. 한마디로 죽이는 타이밍이었다.

[첫 예약 손님 곧 온댔죠? 청소하려면 바쁜……?]

1번 룸을 정리하기 위해 먼저 들어서던 장호가 손으로 그리던 수화를 멈췄다.

"……!"

덩달아 길모의 시선도 멈췄다. 텅 빈 룸 안에 혼자 남은 한 사람, 바로 공 부장이었다.

[나가주셔야 하는데.]

장호가 문자를 찍어 내밀었다.

"앉아요. 잠깐이면 되니까."

공 부장은 장호를 무시하고 길모를 바라보았다. 어쩐지 그냥 물러날 기세는 아니었다.

[형…….]

"잠깐 나가 있어라."

길모의 지시를 받은 장호. 내키지 않는 듯 공 부장을 힐금 돌아보며 룸을 나갔다.

공 부장은 담배부터 꺼내 물었다. 길모는 선 채로 지켜보았다.

"홍 부장님, 아니 홍 사장님!"

사장!

그는 알고 있었다. 그렇다면 다른 기자들과는 달리 조금 뒷조사를 하고 왔다는 얘기. 게다가 이미 한 번 다녀간 적이 있는 사람. 어쩌면 처음에 시치미를 뗀 것에 대해 제대로 태클을 걸려는지도 몰랐다.

"거짓말하고 있지요?"

공 부장이 진검을 뽑아 들었다. 그래도 길모는 대답하지 않았다. 무엇을 묻는지 감이 오지 않았다.

"뭐 솔직히 어제 일은 이해합니다."

공 부장은 담배를 비벼 껐다. 그런 다음 우두커니 길모를 바라보았다.

"그 일은 유감입니다. 다시 말하지만 웨이터는 손님이 나가는 순간 다 잊어버리니까요."

"하긴 웨이터들이 웬만한 정치인들보다 입이 무겁다는 건 알고 있습니다."

"……"

"우리 프로끼리 까놓고 얘기 좀 할까요?"

"무슨 말씀인지?"

"솔직히 취재 나오기 전에 몇 가지 정보 좀 모아봤습니다. 요 근래에 건물주가 바뀌었더군요."

"……."

"나이를 보아하니 웨이터 생활하신지 오래된 건 아닌 것 같고. 건물을 사다니 재주 좋으시군요."

"매입 자금은 아무 문제가 없습니다."

"그건 내 관심사가 아닙니다."

"……."

"실은 바깥 도로와 진입로 쪽의 CCTV도 몇 대 점검하고 왔습니다. 무슨 뜻인지 아시죠?"

공 부장이 범위를 좁혀 들어왔다.

'CCTV를 점검했다면…….'

길모는 기자회견 중의 말을 떠올렸다. 왕자가 다녀간 시간, 일단은 그게 거짓말이라는 게 드러난 셈이었다.

"알 야세르는 정확히 1시간 48분을 머물렀습니다. 그렇죠?"

"……."

"그 시간 동안 뭘 했을까요? 술도 안 마신 사람이 단순한 호기심으로 관상을 보기에는 너무 긴 시간이 아닐까요? 게다가 왕자는 할 일 없는 사람도 아닐 터."

"관상만 본 건 아닙니다. 아가씨들이 전통무용 공연을 하기도 했지요."

"이 좁은 공간에서요?"

공 부장의 입가에 찬 미소가 스쳐 갔다.

"우린 공간 따위 가리지 않습니다. 프로니까요."

"정 이렇게 나오시면……."

공 부장은 가방을 열더니 신문 한 장을 꺼내 들었다. 방 사장의 간부전을 야기시킨 그 기사, 즉 성매매와 관련된 기사전문이었다.

"홍 사장님이 카날리아 대표로 나서게 된 게 이 사건 때문이죠?"

"……."

"미안하지만 이 사건 다시 확대시킬 수도 있습니다."

"우린 성매매에 관여하지 않습니다."

"그런 건 상관없습니다. 어차피 검찰이나 경찰이 수사하면 진실이 드러날 테니까요."

한 번 쑤셔줄까?

공 부장의 의도는 명백했다.

협박을 하는 것이다.

난감했다. 사람들은 사실 관계에는 큰 관심이 없다. 신문이나 방송이 떠들어대면 같이 휩쓸려가는 사람이 많았다. 그러니 신문이 문제를 제기한다면, 한동안 타격을 입을 건 불을 보듯 뻔한 일이었다.

"공 기자님이 만약, 없는 일을 만들어 저를 곤란하게 한다면…….”

길모는 안으로 삭히던 심중의 일단을 드러내 보였다.

“한다면?”

“부득 자위권으로써 관상을 쓸 수밖에 없겠습니다.”

“그 말은 관상으로 내게 위해를 가할 수 있다?”

“누군가의 과거와 미래를 들여다볼 수 있는 것. 때로는 위해가 될 수도 있지요. 제가 아는 한…….”

길모는 공 부장을 쏘아보며 담담하게 말을 이었다.

“털어서 먼지 안 나는 사람은 없으니까!”

“협박이시군.”

“선공을 날린 사람은 제가 아닙니다.”

바로 너야.

길모의 눈은 그렇게 말하고 있었다.

“그럼 협상합시다!”

‘협상?’

“알 야세르 왕자. 사우디아라비아의 대권의 향방에 대해 물었죠?”

“제 답은 노코멘트입니다.”

“거짓말! 내가 왕자라도 그걸 물었을 거요. 그렇지 않다면 무엇 때문에 관상 보는 웨이터를 찾아왔단 말입니까?”

“그렇게 잘 알면 기사는 알아서 쓰시던가요.”

“확인해 본 결과 왕자는 그날 호텔로 돌아가서도 웃음소리가 이어졌다고 들었습니다. 일국의 왕자, 더구나 천문학적인 재력을 가진 왕자가 고작 차 몇 잔에 기분이 좋아졌다고 생각하란 말인가요?"

"왕자님의 속마음이야 내가 알 바가 아닙니다."

팽팽한 신경전의 추는 결코 한쪽으로 기울지 않았다.

"사우디아라비아 왕자와의 신뢰를 지키겠다?"

"어느 고객이나 마찬가지입니다."

"하긴 억대 매상을 올려준 사람이니 더욱 그렇겠지요. 그럼 말입니다. 조금 쉬운 쪽으로 방향을 틉시다."

'조금 쉬운 쪽?'

공 부장은 기사 뒤에 붙은 또 다른 기사를 펼쳤다. 거기에는 대권주자로 불리는 네 명의 얼굴이 박혀 있었다.

"꿩 대신 닭이라고… 이 사람들 중에 누가 차기 대권을 잡습니까? 이분들은 여기 고객이 아닐 테니 가능하겠죠?"

공 부장, 느닷없는 딜을 던지고 나왔다. 그런 다음, 단단한 눈빛으로 길모를 쏘아보았다. 애당초 공 부장이 원하는 게 저것이었을까? 상대는 메이저 신문사의 데스크에 속하는 부장 기자. 작심하고 던진 딜이니 소득 없이 물러설 리 없었다.

여기가 마지노선이야.

다시 느긋해진 공 부장이 또 하나의 담배를 뽑아 들었다.

*   *   *

대선주자!

이른 바 잠룡들이다.

대선까지는 시간이 남았지만 대선주자에 대한 기사만큼 관심을 끌 일도 드물었다.

게다가!

누가 다음 대권을 쥐게 될지 알게 된다면?

그 이상 가는 정보는 찾기 힘들 일.

우선 주식만 해도 그렇다. 증권가에는 이른 바 테마주라는 게 있다. 여당 유력인사 누구누구의 출마설이 흘러나오면 그가 관련된 회사 주가가 상향 곡선을 그린다. 설(說)에도 이럴진대 당선자를 알게 된다면 그 주식에 앞서 투자하는 것만으로도 엄청난 부를 건질 수 있었다.

길모는 사진을 보았다.

황기운!

이윤각!

천보성!

류헌재!

사진의 주인공들. 물론 하나같이 그 면면이 화려하고 파죽지세의 정치인으로 살아온 사람들이었다. 한군데 묶어놓고 보니 도토리 키 재기 같지만 또 어떻게 보면 누가 당선된다고 해도 그리 이상할 게 없을 정도로 화려한 스펙과 이력의 정치인들이었다.

"낙점하시지요."

공 부장 입에서 극공대어가 나왔다. 이는 반어법이었으니 길모를 재촉하는 윽박지름에 다름 아니었다.

"……"

길모는, 네 명의 정치인들 얼굴에 시선을 꽂았다.

누구일까?

누가 다음 번 대권을 잡을까?

이들 중 누가 대통령이 되어 대한민국의 역사에 우뚝 새겨질까?

처음에는 별생각 없이 바라보았지만, 보는 사이에 길모도 몰입되어 버렸다. 길모의 시선이, 황기운을 지나 이윤각에 다다랐다. 공 부장의 시선은 소리도 없이 길모를 따라왔다.

이윤각을 끝내고 천보성, 마지막으로 야당의 거물로 부각된 류헌재에 이르자 공 부장의 목에서 침 넘어가는 소리가 들렸다.

"공 부장님은……."

상 읽기를 끝낸 길모의 입에서 맑은 소리가 새어 나왔다. 어느새 정갈하게 정화된 길모의 목소리는 이상할 정도로 맑았다.

"누구라고 생각하는지요?"

자연스러운 역공세. 공 부장은 자신도 모르는 사이에 길모의 분위기에 압도되어 허둥거렸다.

"나는 관상가가 아니오만."

겨우 숨을 돌린 공 부장이 정신줄을 챙기며 방어에 나섰다.

"제가 알기로 남자 나이 40을 넘으면 반관상가에 다름 아닙니다. 하물며 신문사에서 여론을 바탕으로 내공을 쌓으신 분 아닙니까?"

"그 내공과 그 내공은 다른 거지요. 다만 내가 아는 사주전문가는 이 사람을 찍었습니다만."

사주 전문가를 거쳐 온 공 부장. 그의 손이 이윤각을 짚었다.

"누군지 모르지만 잘 보시는 분이로군요."

길모는 그냥 웃어넘겼다.

"그걸 답으로 삼으려 하면 곤란하다오. 나는 지금 관상학적 견해를 묻고 있습니다."

공 부장의 목소리에 힘이 들어갔다.

"그 말은 지금 이 안에서 부장님이 갑이라는 말로 들리는군요."

누가 갑이냐!

길모는 슬쩍 주체를 상기시켰다. 1번 룸에서는, 더구나 관상을 보는 마당이라면 그 누구도 길모를 능가할 수 없었다.

"그런 말은 하지 않았소."

"사실 제 관상은 좀 비쌉니다. 물론 마음이 동하면 복채를 받지 않기도 합니다만……."

"……."

"부장님은 제게 어떤 경우라고 생각하십니까?"

"둘 다 아니겠군."

"아시는군요."

부장의 굳은 목소리를 들은 길모가 빙그레 웃었다.

"지금 그런 말은 대개 기브 앤 테이크를 요구할 때 나오는 전제인데?"

"그 또한 아시는군요."

길모는 내려앉던 미소를 다시 피워 올렸다.

"뭘 원하는 거요?"

공 부장이 물었다.

"성매매에 대한 언급은 말아주십시오. 대한민국 모든 룸싸롱이 성매매를 하는 건 아닙니다."

"으음."

"일부 있기는 하겠지요. 하지만 질 나쁜 일부는 어느 분야에나 존재합니다. 제가 알기로 고귀한 기자들 중에도 기사 잘 써준다는 대가로 봉투를 받는 일명 기레기들이 있지요. 공적으로는 강압광고, 신문잡지구독, 사적으로는 기름값이나 거마비 명목으로……."

"받아들이겠습니다."

"그럼 부장님의 인품을 믿고 저도 말씀드리지요."

길모의 입이 시원하게 열리자 공 부장의 귀가 쫑긋하게 세워졌다.

"이 네 명 중에 차기 대권을 움켜쥘 사람은……."

길모는 공 부장을 뚫어져라 바라보았다. 아주 잠깐이지만 공 부장은 얌전한 어린 아이처럼 보였다. 그 어린 귀를 길모의 천기누설이 헤집고 들어갔다.

"없습니다!"

"……?"

"이제 돌아가 주시겠습니까?"

"홍 부장!"

"다시 말씀드려요?"

"없다고요?"

"예!"

"자신할 수 있습니까?"

"믿는 것은 부장님 몫입니다. 제가 강요할 수 있는 일이 아닙니다."

"말도 안 돼……! 정치판이 넓은 것 같지만 알고 보면 좁아요. 결국 이 네 명 중에 누군가가 대권을 잡는 건 어린 아이도 다 아는 일이오. 내가 아는 사주전문가도 그렇게 말했고."

"그럼 이미 천기를 안다는 건데 뭣하게 제게 또 물었습니까?"

"그, 그건……."

"한 가지는 참고하세요. 관상은 지금 이 시점입니다. 인간의 마음이 변하듯 관상도 변하지요. 게다가 그분들이 대선에 다 나온다는 보장도 없지요."

"당신……."

공 부장이 길모를 노려보며 말을 이었다.

"혹시 사짜인거요?"

"사짜?"

사짜!

사기꾼이냐는 의미였다.

"맞출 능력이 없으니 비껴간다?"

길모는 담담하게 응수했다.

"내가 전에 무속인 특집을 다뤄봐서 아는데 이 바닥에는 의외로 사짜가 많더군요. 혀를 나불거리며 현혹한 다음에 굿이니 부적이니 하면 돈을 갈취하는 사람들."

"당신……."

말줄임표 뒤로 길모의 목소리가 묵직하게 이어졌다. 증명을 원하는 인간. 압도하지 않으면 멋대로 기사를 써 갈길 수도 있었다.

"제가 아는 기자가 한 명 있습니다."

길모는 공 부장을 바라보며 음산한 목소리를 이어갔다.

"나이는 아마 당신과 똑같을 겁니다. 얼굴도 같겠네요. 신분도 신문사 부장이지요."

"……."

"그 사람… 관상을 보니 처복이 대박이더군요. 방울 두 쪽밖에 없던 사람에게 모든 것을 가지고 왔어요. 심지어는……."

"……?"

"처제까지!"

"······!"

처제!

그 한 단어에서 공 부장의 눈동자가 소리 없이 폭발해 버렸다.

"그 사람··· 관상을 보니 부부궁에 깨가 쏟아지더군요. 순진한 와이프 몰래 여덟 살 어린 처제와 8년째 내연 아닌 내연 관계를 맺고 살고 있습니다. 물론, 와이프는 모르는군요."

"그만!"

공 부장의 목에서 쉰소리가 새어 나왔다.

"그 기자에게 전해주십시오. 홍 부장은 사짜가 아니라고. 그러나 눈에 보인다고 모든 걸 다 말할 수는 없는 게 관상이라고."

"으······."

"나가는 문은 저쪽입니다."

길모는 정중하게 문을 가리켰다. 끄응, 신음을 토한 공 부장. 별수 없이 엉덩이를 들고 말았다. 처제와의 염문. 그건 공 부장 자신의 얘기였다. 대학 다니는 처제를 집 안에 들인 공 부장. 와이프가 동창회에 간 사이에 사고를 치고 말았다. 그 사고는 아직까지도 진행 중이었다. 햇수로 8년째, 처제와 여덟 살 차이인 것도 틀림없는 사실이었다.

길모는 그나마 돌려 말했다. 공 부장이라고 적시하지 않음으로써 그의 부담을 덜어준 것. 그러니 더 이상 증명하고 말고도 없을 일이었다.

"살펴 가십시오."

주차장까지 나온 길모는 고객을 대하듯 정성껏 배웅을 했다.

"기사 잘 써줄 테니 공짜 술이라도 달라는 건가?"

걱정스러운 마음에 따라 나온 서 부장이 물었다.

"공짜 관상을 좀 봐달라더군요. 직급도 있고 해서 두어 가지 봐드렸습니다."

"하여간 기자 놈들… 공짜 밝히는 건 알아줘야 한다니까."

"왜요? 부장님도 무슨 일 있었습니까?"

"우리일보 기자놈 말이야, 기사 마감하고 귀빈들 모시고 올 테니까 술 좀 원가에 달라더군. 그런다고 했어."

"잘하셨습니다."

"아무튼 이 기회 잘 이용해 보자고. 잘하면 우리도 강남 심연 급으로 부각될 찬스인 거 같거든."

"형님이 많이 도와주세요."

"돕다니? 어차피 매상 오르면 내 수입인데… 안 그래?"

서 부장은 길모의 어깨를 툭 치며 웃었다.

'대권…….'

잠시 도로를 돌아보는 길모의 뇌리에 한 단어가 스쳐 갔다. 이름난 관상가라면 숙명처럼 겪어야 한다는 그 일. 그러나 적중하지 못하면 바로 관상쟁이 간판을 내리게 된다는 일. 그걸 미리 들은 건 커다란 행운이었다.

사실 네 명 중에 대권상이 있다고 말할 수도 있었다. 그 네 명만이 출마한다는 가정을 하면 말이다. 그랬다면 오히려 공 부장을 우군으로 만들 수도 있을지 몰랐다. 하지만 길모는 말하지 않았다.

관상이 변하는 것처럼 정치판도 변한다. 오늘 대선주자로 부각된 사람이 내일 낙마할 수도 있었다. 그건 대선 레이스가 시작되어서도 마찬가지였다. 그때까지도 이합집산이 가능하지 않은가?

그러니 그저 봉황상이나 용상을 가진 것만으로는 대권을 잡을 수 없었다. 이는 역사도 증명하는 일이었다.

대권!

그건 대한민국 모든 사람의 상을 보지 않는 한 쉽사리 말할 수 있는 일이 아니었다. 더구나 반협박조로 보게 된 관상인 바에랴.

'그나저나 그 사주전문가 제법이네?'

길모는 대권보다 사주전문가 쪽이 더 마음을 끌었다.

[형, 빨리 들어와 봐요. 형이 방송에 나오고 있어요!]

잠시 상념에 잠겨 있을 때 장호가 뛰어나왔다.

"방송?"

[빨리요!]

장호는 길모의 등을 밀었다.

—여러분, 관상을 믿으십니까?

방송은 이런 멘트로 시작되고 있었다. 카운터 텔레비전 앞에는 사람들이 많았다. 길모가 들어서자 부장들이 빨리 자리 잡으라고 손짓을 했다.

—지금은 21세기, 과학의 시대 앞에 관상은 그 영역이 점점 좁아지고 있습니다.

진행자는 여자였다. 길모는 이 부장 옆에 자리를 잡았다.

—그런데 이 잊혀져 가던 관상이 최근 들어 일부 애호가들을 중심으로 부각되더니 급기야 외국 왕족의 마음까지도 끌었다고 합니다.

[형, 나와요.]

장호가 수화를 그렸다. 화면이 바뀌면서 카날리아가 나왔다.

"홍 부장이다!"

이어 길모가 화면에 잡히자 이 부장이 소리쳤다.

—놀랍게도 관상의 부흥을 이끄는 사람은 현직 웨이터였습니다. 알음알음 장안에 소문이 퍼져 알 만한 사람은 다 안다는 이 시대의 마지막 관상대가 홍길모 씨를 만나보시죠.

멘트에 이어 길모가 클로즈업되었다. 장소는 1번 룸 안. 기자들의 질문에 대답하는 길모가 화면 가득 부각되었다.

—관상도 관상이지만 사우디아라비아의 왕자가 마신 것과 매상도 궁금할 것 같은데요, 웨이터이자 이 가게의 주인을 겸하는 홍 씨는 왕자가 올려준 매상은 억대라고 밝혔습니다.

억대!

텔레비전 밖에서 억억 대는 소리가 들리는 것만 같았다.

―한 번 방문으로 억대의 매출도 놀랍지만 더 놀라운 건 사우디아라비아의 왕자가 호감을 가질 만큼 홍 씨의 관상 실력이 대단하다는 후문인데요.

"……."

카운터 앞에서는 숨소리도 들리지 않았다. 다들 그만큼 집중하고 있는 것이다.

―한편 왕자의 방문을 두고 구구한 추측도 만발하고 있습니다. 혹자는 전통적으로 일부다처제 국가인 사우디아라비아의 왕자가 여러 부인들과의 관상 궁합을 보았을 거라고도 하고 또 혹자는 아무래도 신분이 왕자다 보니 다음 왕위에 대한 천기누설을 들으러갔을 거라고도 하는데요. 이에 대해 홍 씨는 고객의 개인적인 정보는 누설하지 않는다는 원칙을 내세워 원론적인 답만 한 것으로 알려졌습니다.

"……."

―그럼 여기서 관상전문가를 모시고 현대 사회에서 관상의 입지와 함께 과연 관상을 어디까지 신뢰할 수 있을지에 대해 알아보도록 하겠습니다.

[어, 저 사람.]

화면에 관상가가 나오자 장호의 수화가 바빠졌다.

'백홍우 거사.'

백 거사였다. 지난 번 길모를 시험하다 된통 당한 후로 코빼기도 비치지 않는 백홍우. 그런 그가 나오니 길모도 살짝 긴장하게 되었다.

—사우디아라비아 왕자의 관상 관심을 어떻게 생각하십니까?

진행자가 묻자,

—사실 관상은 많은 사람들의 관심을 살 만한 매력이 있습니다. 인간이라면 누구든 자기 운명에 대해 관심이 없을 수 없으니까요.

하고 대답하는 백 거사.

—그럼 신뢰도에 대해서는 어떻게 보시죠?

—보통 관상을 제대로 공부한 사람이라면 한 인간의 전체적인 얼개를 잡는 게 어렵지 않습니다. 그러나 관상에 통달한 사람이라면 그 이상도 가능하지요.

—소위 말하는 천기누설 말입니까?

—홍 모 씨 관상 실력은 원로들도 인정하는 바이니 가능할 수도 있습니다.

백 거사, 웬일인지 호의적인 평을 내주었다.

—오늘 나와 주셔서 감사합니다.

진행자는 그것으로 방송을 마감했다.

짝짝짝!

방송이 다른 코너로 넘어가자 서 부장이 먼저 박수를 시작했다. 그러자 다들 기꺼이 박수를 보냈다.

"아, 거 쑥스럽게들 왜 그러세요?"

길모는 뒷덜미를 긁적이며 얼굴을 붉혔다. 그사이에 길모의
전화기가 울렸다. 그건 시작에 불과했다. 서 부장, 강 부장, 이
부장, 심지어는 카운터 전화까지 불이 붙기 시작했다.

ㅡ거기 방송에 나온 룸싸롱이죠? 예약 좀 합시다!

ㅡ관상 웨이터에게 예약 좀 하려는데 어떻게 해야 합니까?

내용은 전부 대동소이했다. 통화 중에도 수도 없이 통화가 들
어왔다. 부장들은 즐거운 비명을 지르며 예약을 받았다. 길모는
박길제와 천 회장 전화를 끝으로 아예 전화를 꺼버렸다. 몇 분
사이에 수십 통이 걸려와 받기조차 힘든 까닭이었다.

"홍 부장님, 아니 사장님. 제 단골들이 예약 좀 잡아달라는데
요?"

"저도요. 뭐라고 해요?"

아가씨들도 예외는 아니었다. 알음알음 아는 사람을 통해 청
탁이 파도처럼 밀려들었다.

"잠깐만요!"

길모는 부장들과 아가씨들을 향해 외쳤다. 아무래도 교통정
리를 해야 할 필요가 있었다.

"다들 잘 들어요. 우선 제 호칭은 그냥 원래대로 홍 부장으로
갑니다. 그렇게 불러주시고요 예약 역시 기존 팀별로 움직이면
됩니다. 손님들 중에 관상을 원하는 분이 있으면 내가 잠깐 들

러서 봐드릴 테니까 모든 예약은 소속 부장님들께 연결하세요!"

카날리아가 바빠졌다.

대충 바쁜 게 아니었다. 예약을 안 한 손님들까지 차를 타고 밀려든 것이다. 더러는 권세를 내세워 압박까지 했다.

"야, 홍 사장, 아니 홍 부장. 아, 호칭 이거 존나 헷갈리네."

싱글벙글 달려온 이 부장의 입은 귀밑에 걸려 있었다.

"그냥 편하게 부르라니까요. 형님이야 '길모야' 하고 부르면 어떻습니까?"

"야, 아무리 그래도 그렇지. 이제 대한민국 대표 웨이터인 홍 부장인데……."

"그런데 왜요?"

"왜는? 좋아서 그러지. 지금까지 받은 예약만 무려 160건이다. 그동안 소원하던 단골들까지 죄다 컴백하는 거 같아."

"축하드립니다."

"아이고, 이 귀여운 홍 부장. 싸랑한다!"

이 부장은 오버했다. 평소와 달리 길모를 안아 들기까지 한 것이다. 하지만 오래가지는 않았다. 그사이에도 또 전화벨이 울렸다.

"으악, 오늘은 그만 오면 좋겠는데… 귀가 먹먹할 지경이야."

이 부장은 몸서리를 치면서도 잽싸게 전화를 받았다.

밀려드는 비예약 차량 때문에 윤표와 성표까지 동원시켰다.

"오늘은 안 됩니다. 차후 예약을 원하시는 분들은 명함을 남겨주고 가시면 날짜 정해서 연락드리겠습니다."

윤표와 성표는 숨 돌릴 틈도 없어보였다. 다들 웬만하면 협조하는 가운데 두 대의 차량이 예외였다. 그들은 차를 돌리기는커녕 오히려 문을 열고 내렸다. 자그마치 다섯 명이었다.

게다가 척 봐도 일반인이 아닌 포스를 뿜어냈다.

[형!]

서 부장 룸의 손님이 부른다는 말을 전하려 뛰어나온 장호. 맨 뒤에서 피어싱을 한 부하와 함께 내리는 손님을 보더니 얼굴이 굳어버렸다.

'염홍대?

길모 역시 시선이 멈췄다.

잔혹함의 대명사 홍대파의 보스 염홍대. 지난 번 서강국과 충돌할 뻔한 위기를 넘긴 기억이 다 가시기도 전에 그가 다시 등장한 것이다.

이 인간은 또 왜?

제2장

적은 치고 아군은 품는다

홍대파 보스 염홍대.

그 살벌함은 하나도 가시지 않았다. 아니, 오히려 더 맹렬한 기세를 뿜고 있었다.

"잘나가던데?"

첫 마디는 음산한 미소와 함께 섞여 나왔다.

"……."

"룸 있지?"

질문은 싸가지를 밥 말아먹은 피어싱이 했다. 길모가 침묵하자 피어싱은 염홍대를 모시고 제멋대로 계단을 내려갔다. 그 뒤를 따라 다섯 부하들도 위세를 뿜으며 걸었다.

[형…….]

"…….."

[경찰 부를까요?]

"안 돼!"

그 사이에 서 부장과 강 부장이 뛰어나왔다.

"홍 부장……."

강 부장은 벌써 하얗게 질린 얼굴이다.

"제가 받겠습니다."

길모가 말했다.

"괜찮겠어?"

우려가 가득한 서 부장의 얼굴. 전에는 방 사장이 있었다. 방 사장이라면 염홍대도 마냥 함부로 하지 못하는 인물. 하지만 이제 카날리아의 사장은 길모였다.

"죄 지은 거 없는데요, 뭐."

"혹시……."

잠시 말을 끊은 서 부장이 바로 말을 이었다.

"저번에 왔을 때 홍 부장이 관상 봐주고 바로 돌려보냈잖아? 그거 시비 걸려고 온 거 아닐까?"

"아마 아닐 겁니다."

길모는 고개를 저었다. 그때 염홍대 부모에게 흉액이 덮쳤었다. 경운기 사고였다. 만약 그게 틀렸다면 염홍대 성격에 바로 돌아와 카날리아를 작살냈을 일이었다.

"그럼 가게 주인이 바뀐 거 알고?"

서 부장의 눈빛이 출렁거렸다. 그건 일리가 있었다. 염홍대는 주류 유통에도 관여한다. 그러나 방 사장 짬밥이 높은데다 때마침 염홍대가 학교(?)에 의무 입학하는 통에 카날리아와는 정식 거래를 트지 않았다. 하지만 강북의 명소로 꼽히는 카날리아. 더구나 방송까지 탄 마당에 주인이 바뀌었다면 침을 흘릴 것도 당연했다.

"제가 탐색해 볼 테니 편안하게 손님들 모시세요."

"그래. 무슨 일 생기면 바로 경찰 부르자."

"예."

길모는 그 말을 남기고 룸으로 들어섰다. 복도 앞에서 혜수가 걱정스런 눈빛을 건네 왔다. 염홍대가 들어가는 걸 본 눈치였다. 길모는 걱정 말라는 듯 찡긋 윙크를 날려주었다.

"장호야!"

[예?]

"여기가 어디냐?"

[그야 카날리아…….]

"여기가 누구 가게냐?"

[그야 우리…….]

"원래 똥개도 자기 집에서는 몇 퍼센트 먹고 들어가지?"

[50퍼센트?]

"문 열어라!"

길모의 묵직한 음성이 떨어졌다. 장호는 심호흡을 하고 손잡이를 잡았다.

"신수 훤하군."

염홍대는 전처럼 1번 룸을 차지하고 있었다. 세 명의 사장 손님이 나간 직후라 마침 비었던 탓이었다.

"아시겠지만 저희 가게는 예약제입니다."

정중히 응수하면서 길모는 염홍대의 관상부터 꿰뚫었다.

"그래서?"

염홍대의 섬뜩한 눈빛이 칼날처럼 날아왔다.

"다음 번 손님이 곧 오실 겁니다."

"오면 내가 양해를 구하지."

"염 사장님!"

터엉!

길모의 말보다 한 발 앞서 테이블 내려치는 소리가 룸을 울렸다. 피어싱이 위력을 행사한 것이다. 알아서 기어라. 그 소리에 담긴 경고였다.

"야, 어디 저번처럼 또 한 번 눈깔 좀 뒤집어 봐라."

피어싱이 이죽거렸다.

"이 바닥 생리를 아시는 분들이 이러시면 곤란합니다."

"그러니까 같이 벌어먹자고."

이번에는 염홍대였다. 그가 누런 이빨과 함께 본색을 드러내기 시작했다.

"……?"

"프로끼리 왜 이래? 방 사장에게 가게 인수했다며? 개업식은 안 하나?"

"……."

"화환하고 아가씨들 모자라면 A급으로 얼마든지 지원할 테니까 거래 트자고."

임시 아가씨. 원래 주류 유통업자들은 보도를 겸하는 경우가 많았다. 그러니 개업식 날 자기가 데리고 있는 아가씨들은 무료로 보내주겠다는 뜻이었다.

"저희는 이미 거래하는 곳이 있습니다."

"거기도 내가 알아듣게 말하지."

"사장님……."

"그리고 이건 복채. 지난번 관상 말이야, 귀신처럼 맞더군. 그날 우리 부모님, 차례로 하늘로 가셨다."

염홍대가 봉투 하나를 던져 놓았다.

"가보지 못해서 죄송합니다. 좀 늦었지만 부의금으로 드리겠습니다."

길모는 봉투를 다시 밀어주었다.

"너, 이름이 뭐라고?"

염홍대의 눈빛에 살광이 아른거리기 시작했다.

"홍 부장이라고 부르시면 됩니다."

"그래, 홍 부장, 너!"

이번에는 염홍대가 테이블을 내려쳤다.

"……."

"내 소문 제대로 못 들었나?"

"잘 알고 있습니다. 이 바닥 큰 어른이시라는 거."

"알면서 이 따위야? 내가 교육 좀 제대로 시켜줘?"

"본래 진짜 어른은 어른 행세를 하지 않는 법이라고 들었습
니다."

"아니, 이 새끼가!"

잠시 주춤하던 피어싱이 이번에는 재떨이를 집어 들고 일어
섰다.

"검푸른 간문으로 애인과 이별하더니 이번에는 질병궁에 횡
액이 서렸군. 그 기세가 명궁과 인중까지 뻗치고 있으니 세 번
생각하고 행동하는 게 이로울 겁니다."

길모는 눈도 깜박이지 않으며 응수했다.

"내려 놔."

염홍대가 묵직하게 말했다. 피어싱은 길모를 쏘아보더니 다
시 자리에 주저앉았다.

"거래를 거부하겠다?"

"물장사를 해도 신의가 있어야 한다고 들었습니다. 그만한
관록이 있는 분이시니 이해해 주시기 바랍니다."

"돈보다 앞서는 이해도 있나?"

염홍대는 물러서지 않았다.

"예약 손님이 오실 시간입니다."

길모도 양보하지 않았다. 애당초 룸에 들어설 때부터 작심한 일이었다. 염홍대는 지금 간을 보고 있다. 그러니까 앞으로 계속 시달릴 거냐 말 거냐는 오늘에 달려 있었다.

"새끼야, 돈 낼 테니까 헛소리 까지 말고 냄비들 쫙 들여보내. 어디 그동안 깔쌈쭉빵한 걸들이 왔나 구경 좀 하자."

"예약 손님이 오실 시간입니다."

길모는 흔들리지 않았다.

"이런 쑵탱이 새끼가!"

발끈한 피어싱이 자리를 박차고 일어섰다.

"가자!"

그때였다. 뜻밖에도 염홍대가 자리를 털고 일어섰다.

"사장님!"

"오늘만 날이냐? 지난번에 관상 잘 맞춰서 불효자 면한 것도 있고 하니 한 번은 봐주자. 홍 부장도 곰곰이 생각하면 어떤 게 이득일지 대갈빡이 돌아갈 거 같으니까."

염홍대는 길모의 어깨를 툭툭 치면서 오만을 뿜었다.

"죄송하지만……."

슬쩍 어깨를 돌린 길모의 눈에서 광채가 배어 나오기 시작했다. 길모는 그 눈으로 염홍대와 시선을 맞추며 뒷말을 이어갔다.

"그냥 넘어갈까 했지만 협조해 주시니 눈에 보인 관상, 한 말씀드릴까 합니다만."

"관상?"

"중요한 일입니다만 마음에 안 드시면 그냥 가셔도 됩니다."

"중요? 부모님 다 죽고 자식새끼도 없는데 뭐가 중요하다는 거냐?"

"염 사장님 자신이 있지 않습니까?"

"……?"

"알겠습니다. 관심 없는 걸로 하겠습니다."

"됐어. 기왕 말 나왔으니 말해 봐."

"준두와 눈이 붉고 귀에 사기(死氣)가 짙게 배었으니 형옥이 닥칠 상입니다. 남에게 원한을 샀으니 그게 전부 상(相)으로 맺혀 오는군요."

"형옥이라면… 학교?"

"아마……."

"이 새끼가 뒈질려고 환장을 했나?"

듣고 있던 피어싱이 끝내 주먹을 날려 왔다. 길모는 몸을 뒤틀어 주먹을 막아냈다. 이미 대비하고 있던 차였다.

"다시 안 온다고 약속하면 피할 길을 알려드리죠. 아니면, 오늘 밤 안으로 구속입니다."

길모의 시선이 염홍대에게로 향했다.

"구속?"

"예!"

"미친놈, 다음에 올 때도 멋대로 이죽거리면 가게 아작 날 줄 알아라."

염홍대는 냉소를 던지고 룸을 나섰다.

"어이, 관상 웨이터. 너 밤길 조심해라. 어디서 나한테 걸리면 뒈진다."

피어싱은 코웃음과 함께 염홍대의 뒤를 따랐다.

피어싱과 염홍대는 서로 다른 방향으로 갈라졌다. 그걸 바라보던 길모가 장호를 향해 입을 열었다.

"오토바이 준비해라."

길모의 표정은 굳어 있었다.

[예?]

"오토바이!"

길모가 한 번 더 말했다.

[설마?]

길모의 분신답게 그 기분을 읽어 내린 장호. 얼굴은 이미 긴장감이 넘치다 못해 우윳빛으로 변해 있었다.

"윤호한테도 연락해라. 바쁘겠지만 잠깐 알바 한 번 하라고."

장호는 숨조차 제대로 쉴 수 없었다. 길모의 눈빛이 점점 야수를 닮아가고 있기 때문이었다.

장호의 오토바이는 피어싱의 차를 쫓아갔다.

피어싱!

길모의 선택은 그였다.

물론 피어싱은 염홍대의 부하. 그러나 길모는 염홍대의 관상을 읽었다. 출소하기 무섭게 많은 사람을 밟고 다닌 염홍대. 지난번 액살은 부모님의 죽음으로 비껴갔지만 이번 것은 도리가 없었다. 그 역시 운명의 길을 따라가려는 듯 길모의 천기누설을 무시해 버렸다.

'그가 간 길은……'

형옥의 칼날이 번득이는 곳이었다. 한마디로 호랑이 굴로 방향을 잡은 것이다.

그래서 피어싱을 택했다. 좁은 이마에 콧구멍이 위로 향한 상. 게다가 눈썹 머리의 털이 곱슬인데다 이마 중앙에 아로새겨진 일자 세로무늬로 보아 지독히도 호전적인 인물이었다.

염홍대와 함께 구속되어 오래 썩으면 좋겠지만 피어싱은 아니었다. 아쉽게도 형옥의 상이 보이지 않았다. 하지만 상관없었다. 형옥의 상이 없다면 제대로 정신교육을 시켜주면 그뿐이었다.

바다당!

어두운 이면도로에 오토바이 굉음이 울려 퍼졌다. 길모는 보았다. 저만치 앞에서 한 일(一)자를 그리며 몰려드는 폭주족들은 헬멧에 마스크까지 착용해 얼굴조차 보이지 않았다.

빵빵!

길을 트려는 피어싱의 차가 요란하게 경적을 울렸다. 하지만 피어싱은 알지 못했다. 그들이 작심하면 하늘을 펑펑 날 수도 있는 오토바이의 고수들이라는 걸.

끼이악!

엄청난 굉음과 함께 윤표의 오토바이가 허공으로 날아올랐다. 오토바이는 정확하게 피어싱의 차 지붕을 터치하고 가볍게 착지했다. 그러자 이번에는 차가 급정거하는 굉음이 밤하늘을 흔들었다.

피어싱은 문을 부술 듯 걷어차며 차에서 내렸다. 척 봐도 빡치기 일보 직전으로 보였다.

"야, 이 개쉐리들아! 너희들 뭐야?"

피어싱이 빈 캔을 던지며 악을 썼다. 그사이에 10여 대의 오토바이는 피어싱과 차를 둘러싸고 맴돌기 시작했다.

와다당! 와당! 와당!

"이런 쏩탱이들이 뒈지려고 색을 쓰나?"

광분한 피어싱이 트렁크에서 야구방망이를 꺼내 들었다. 때를 맞춰 윤표네 오토바이가 한쪽 틈을 열었다. 그 사이로 유유히 들어선 게 바로 길모였다.

"응?"

느닷없는 길모의 등장에 피어싱이 고개를 들었다.

"관상 웨이터?"

"맞아. 우리 룸에 두고 간 게 있길래 돌려주려고."

"두고 간 거? 핸드폰은 여기 있는데?"

고개를 주억거리던 피어싱이 핸드폰을 치켜들었다.

"핸드폰 말고."

"그럼 뭐 이 씹탱아. 그러고 보니 이 개자식들 네가 보냈냐?"

"싸가지를 두고 가셨길래."

천천히 다가선 길모는 장갑 끝을 이빨로 물어 당겼다.

"너 지금 뭐하자는 거냐? 설마 나랑 맞짱?"

"못 할 것도 없지."

"푸하핫, 이런 하룻강아지……."

피어싱이 비웃는 사이에 길모는 이미 출격하고 있었다.

"……!"

우적!

선빵!

싸움에서는 절대적으로 유리한 공식이다. 더구나 맞짱을 떠
도 문제없을 길모의 입장에서랴?

"이 새끼가 겁대가리 없이!"

차에 기대 겨우 중심을 잡은 피어싱이 입가를 훔쳐 냈다. 그
래봤자 입술은 이미 속까지 깊게 터진 후였다.

"넌 이제 죽었……."

미친 듯이 파고들던 피어싱은 옆구리가 뜨끔해지는 걸 느꼈
다. 이어 사타구니와 턱에도 천둥벼락이 떨어졌다.

와창!

피어싱은 멀찌감치 날아가 앞 유리 위에 떨어졌다.

"개쑵쉐리야!"

차에 타고 있던 부하 둘이 길모에게 달려들었다. 이미 몸이 풀린 길모는 둘을 향해 돌진했다.

쩌억!

둔탁한 타격음과 함께 둘은 동시에 무너졌다. 길모의 주먹이 둘의 옆구리를 사이좋게 뭉개 버린 것이다.

"이… 이……."

그사이에 피어싱이 방망이를 집어 들었다. 하지만 거기까지였다. 훌쩍 날아오른 길모의 발이 허공에 원을 그리자 방망이는 속절없이 날아갔다. 길모는 피어싱의 멱살을 잡아챘다.

"아까 나보고 뭐라고?"

"관, 관상 웨이터……."

"지금은 어때?"

"이런 쑵……."

발끈하는 피어싱. 하지만 그의 몸부림은 소용이 없었다. 길모가 그의 안면에 박치기를 작렬한 까닭이었다.

"늘어진 정신줄 제자리로 돌아오게 해주지."

그 말과 함께 길모가 멱살을 놓았다. 피어싱은 천천히 대지를 향해 넘어갔다. 뜨끈한 느낌 속에서 피어싱은 귓전을 파고드는 굉음을 들었다. 사나운, 아까보다 더 사나운 오토바이 소리였다.

바다당!

윤표와 동료들이 고개를 돌렸다. 굉음의 주인공은 장호였다. 브레이크를 잡아 쥐고 속도를 끝까지 올린 미친 속도감. 장호의 속내를 알아챈 윤표의 입가에 미소가 번져 갔다.

바당!

몸살을 앓던 장호의 오토바이가 출격했다. 거리를 가늠하고 단숨에 잡아챈 액셀러레이터는 오토바이를 훌쩍 들어올렸다.

"……?"

느닷없이 허공을 덮은 오토바이의 모습에 피어싱은 전율했다. 그대로 떨어지면 피어싱의 몸통이 작살날 판이었다.

"우어어!"

혼비백산한 피어싱이 괴성을 터뜨렸다. 하지만 자비를 모르는 오토바이는 그대로 떨어져 내렸다.

"……!"

피어싱은 지렸다. 큰 것도 지리고 작은 거도 지렸다. 눈을 꿈뻑이면서도 그는 믿을 수 없었다. 장호의 오토바이는 정확히 두 바퀴 사이에 피어싱의 몸통을 두고 착지한 것이다.

딱 십자가를 이룬 오토바이와 피어싱의 몸통. 마음만 먹었다면 피어싱의 수박과 갈비뼈가 파편이 되어 사라질 수도 있는 일이었다.

와당!

다시 한 번 굉음이 들리더니 오토바이가 뒷바퀴를 들었다. 장호는 앞바퀴로 축을 삼은 채 회전하더니 피어싱의 몸과 멀어졌다.

"우워어어……."

피어싱은 말도 나오지 않았다. 한낱 시시껄렁한 웨이터로 보았던 길모. 그는 자신의 저렴한 판단력에 가혹한 저주를 보냈다.

"아직도 내가 관상 웨이터로 보이나?"

피어싱 앞에 태산처럼 버티고 선 길모가 물었다. 이미 눈알을 뒤집은 피어싱은 대답하지 못했다. 길모가 원하던 대로 형옥보다 더한 지옥을 맛본 그였다.

'16주 같은 3주…….'

길모는 그 말을 남기고 장호 오토바이에 올랐다. 걸린 시간은 단지 15분이었다.

*　　　　*　　　　*

정식 개업식을 앞두고 길모는 구치소로 면회를 갔다. 홍 마담을 만나기 위해서였다. 오래지 않은 사이에 홍 마담은 해쓱하게 변해 있었다.

구치소!

아직 형이 확정되지 않은 사람들이 주로 머무는 곳이다. 시설이 좋아졌다지만 안에 우글거리는 많은 범죄자들과 정신적인 충격 등 직업적인 전과자조차도 달가울 리 없는 곳이었다.

오는 길에 희소식도 들었다. 염홍대의 구속 사건이었다.

길모가 관상에서 본 대로 그가 간 길은 형옥의 길이었다. 도중에 또 다른 룸싸롱을 찾아가 으름장을 놓던 그는 주인이 대기시켜 둔 폭력배들의 습격을 받았다. 염홍대는 피어싱을 불렀지만 피어싱이 그 콜을 받을 리 없었다.

결국 염홍대는 칼부림을 벌이다 칼침을 맞은 채 은팔찌를 차게 되었다. 피차간에 상한 사람이 많아 십여 년은 의무교육을 받을 판이었다.

[형.]

"왜?"

차에서 내리던 길모가 장호를 돌아보았다.

[어째 으스스한데요?]

장호는 구치소를 바라보며 부르르 떨었다.

"너도 경험하게 해줄까?"

[오, NO! 절대로…….]

"노 변, 내리셔!"

길모는 웃음을 머금으며 뒷문을 열었다. 차에서 내린 사람은 노은철이었다.

노은철!

오늘은 변호사로서 대동한 길모. 그가 꼭 필요한 이유가 있었다.

"홍 부장……."

접견실에 들어선 홍 마담은 눈물부터 글썽거렸다. 떡하니 변호사를 대동하고 찾아온 길모. 그러니 어찌 감동하지 않을 것인 가?

"지낼 만해요?"

"저분이 변호사야?"

홍 마담은 대답대신 은철을 바라보았다.

"변호사이자 내 친구입니다."

"친, 친구라고?"

홍 마담은 다시 한 번 눈알을 뒤집었다. 허접으로만 보던 길 모였다. 그러던 차에 관상으로 날린다는 소문을 듣고 다시 생각 하던 그녀. 그런데 이번에는 변호사를 친구라고 데려왔으 니…….

"마음에 안 들어요? 그럼 그냥 가고……."

홍 마담이 정신을 못 차리자 길모가 농담 섞인 협박을 던졌 다.

"아, 아니야. 가긴 어딜 가?"

"식사는 잘하고 있죠?"

"그럼 혹시, 나 영치금 넣어준 사람도?"

"맞습니다. 홍 부장이 부탁해서 제가 직원들에게 시켰어요."

대답은 은철이 대신했다.

"세상에나……."

"노 변 말이 기소유예에 나올 거 같답니다. 그러니 잘 챙겨먹으 면서 기다리세요."

"정, 정말입니까?"

홍 마담의 시선이 은철에게 향했다.

"담당 검사가 한 번 인심 쓰는 쪽으로 기울었습니다. 하지만 검사가 기소유예처분을 내린다고 해도 언제든지 다시 공소를 제기할 수 있으니 다시 그런 짓하면 안 됩니다."

"아이고, 걱정하지 마세요. 여기서 나가기만 하면 물만 먹고 살라고 해도 그렇게 살게요."

홍 마담은 필사적이었다.

"그런데 그 결정권은 나한테 있어요."

길모가 끼어들었다.

"홍 부장에게?"

"나오면 유부남 정리하고 우리 가게로 오세요. 이번에 내가 카날리아 인수하게 되었거든요."

"홍, 홍 부장이?"

"왜? 나랑 일하기 싫어요?"

"아, 아니… 그냥 놀라워서……."

"돈 많아서 인수한 건 아닙니다. 누님이 사고 치는 통에 방 사장님도 걸린 거 아시죠? 영업정지 먹으면서 건물주가 가게 빼라고 하는 바람에 하는 수 없이 떠안았어요. 그러니 오셔서 봉사 좀 제대로 하셔야겠습니다."

"그, 그렇게 된 거야?"

"이거 찍으세요. 정식 개업은 오후에 할 건데 며칠 후에 합류

하시게 될 겁니다."

길모가 계약서를 내밀었다.

"그, 그런데 그게……."

"만나는 남자 때문에요?"

"알아?"

"얼굴에 쓰여 있잖아요? 이번 일도 그 남자 때문에 비롯된 거죠?"

"어머, 귀신!"

"걱정 말고 찍어요. 내가 정리해 드릴게요."

"정, 정말이지?"

"내가 여기까지 와서 거짓말하게 생겼어요? 대신 앞으로 아가씨들 제대로 관리해 주셔야 합니다."

"걱정 마. 나 진짜로 충성할게."

홍 마담은 서둘러 사인을 마쳤다.

"남자 전화번호 주세요."

"지금 가려고?"

"누님이랑 서로 얼굴 안 보고 정리되면 좋잖아요?"

"그거야 두말하면 잔소리지만……."

"걱정돼요?"

"그 인간이 잔머리가 보통내기가 아니거든."

"그건 염려할 거 없어요."

길모는 미소로 홍 마담을 안심시켰다.

"이 건은 빠른 시일 내에 마무리하도록 할게."

접견을 마친 은철이 말했다.

"땡큐!"

"오늘 개업식이 몇 시지?"

"오려고?"

"술은 안 먹어도 가야지. 헤르프메의 실질적 운영자신데."

"무슨 소리야? 바쁘면 안 와도 돼. 축하 선물은 홍 마담 건으로 이미 받은 거나 다름없고."

"아무튼 도 선생님이랑 같이 갈게. 정신없을 테니 자리는 따로 만들지 말고."

"그럼 그러던가."

"그 홍 마담이라는 여자의 남자 만나는 건 내가 필요 없나?"

"아마 그럴걸?"

"어떻게 처리할 건지 궁금해서 그래."

"잡것들 세계에는 잡것들의 법칙이 있어. 고귀한 변호사 나리가 낄 자리가 아니지."

"오케이, 접수!"

"그럼 이따 보자고."

길모는 은철을 검찰청사에 내려주었다. 그는 종종 걸음으로 청사 안으로 들어갔다. 장호까지 잠시 화장실에 간 사이, 길모가 전화를 걸었다.

—여보세요!

핸드폰으로 흘러나온 목소리는 혜수였다.

"일어났어?"

―오빠는요?

혜수가 길모를 부르는 호칭은 무려 세 가지였다. 가게에서는 부장, 공식석상에서는 사장, 그리고 둘이 있을 때는 오빠…….

"비즈니스가 좀 있어서……."

―나도 아까 깼는데 도와드려요?

"노! 밥이나 든든히 챙겨먹고 와."

―내 걱정 말고 오빠 몸이나 잘 챙겨요.

"나야 뭐 강철 몸뚱이잖아?"

―일찍 나갈까요? 개업식 때문에 오빠 눈코 뜰 새 없을 텐데…….

"준비 다 끝났으니까 그냥 시간 맞춰오세요. 에이스가 일찍 뜨면 이미지 구기니까."

―그럼 일요일에 우리 집에 와요. 맛있는 거 해줄게요.

"진짜?"

―네, 장호에겐 좀 미안하지만…….

"아니야. 장호도 바쁘니까."

통화는 그쯤에서 끊었다. 저만치 장호가 돌아오고 있었기 때문이었다. 길모가 혜수와 사귀는 건 아직 장호도 몰랐다. 그래서 불편하기도 했지만 한편으로는 스릴도 있었다.

'적당한 기회가 오면 커밍아웃을…….'

적은 치고 아군은 품는다 73

길모는 괜한 미소를 머금으며 핸드폰을 주머니에 찔렀다.

[홍 마담이 좋아했겠네요.]

홍 마담 이야기를 들은 장호가 시동을 걸며 수화했다.

"그런 거 같더라."

[홍 마담이 합류하는 건 잘한 거 같아요. 아무래도 형이 다 관리하긴 힘들 테니까.]

"그 여자가 그래도 아가씨 관리 하나는 귀신이잖냐? 아무리 박스 부장이라도 아가씨들 생리날이나 섬세한 기분까지 체크하는 건 한계가 있으니까."

[그런데 홍 마담한테 걸리는 게 있다는 건 무슨 말이죠?]

"알려줄 테니까 미아리로 가자."

[알았어요.]

장호가 속도를 높이는 사이에 다시 전화가 터지기 시작했다. 오죽하면 오전에는 전화기를 꺼두었던 길모였다. 밀려드는 전화는 시도 때도 없었기 때문이었다.

미아리로 가는 동안에만 20여 통의 예약 문의 전화를 받았다. 그중 상당수는 모르는 전화번호. 다들 재주도 좋았다. 그들은 어떻게 길모의 핸드폰 번호를 알았을까?

[형, 우리 이러다 진짜 초대박 나는 거 아니에요?]

"대박? 그거 벌써 나지 않았냐?"

[하긴 그래요. 집 생겼지 차 생겼지. 게다가 가게에다 건물까지 생겼으니…….]

'그래서 그런 건 아니야.'

길모는 잠시 눈을 붙이며 생각했다.

대박!

돌아보면 그건 이미 오래전에 나 있었다. 바로 길모가 호영을 만났던 그 순간에!

끼익!

캐딜락은 미아리의 이면도로에서 멈췄다. 고개를 드니 낮은 빌딩들이 옹기종기 시야를 차고 들어왔다. 길모는 다시 전화를 걸었다.

"홍길모라고 합니다만."

전화기 속에서 남자가 웅얼거렸다. 길모는 그가 알려준 건물을 향해 걸음을 옮겼다.

[그 인간 정체가 뭐예요?]

"거머리?"

[거머리요?]

"아니면 기생충이거나 흡혈귀?"

[홍 마담 피를 빨아서요?]

"보아하니 다른 아가씨들 피에도 빨대 꽂는 모양이야."

[아, 진짜 더러운 인간 많다니까. 인신매매는 안 해요?]

"할지도 모르지."

수화와 말이 오가는 사이에 남자가 알려준 건물 앞에 닿았다.

건물 앞에는 '직업 안내' 라는 간판이 삭아가고 있었다.

"뭐라고요? 아, 깔들 도망친 게 왜 내 잘못입니까? 관리 잘못한 당신들 잘못이지!"

2층의 문을 열자 40대 남자의 느끼한 목소리가 길모와 장호를 반겼다. 작은 사무실 안. 남자는 선 채로 전화를 받고 있고 소파에는 두 여자가 껌을 씹고 있었다.

'오봉순 아니면 즉빵집행 아가씨들…….'

축 처진 눈빛과 불투명한 간문. 길모는 한눈에 두 아가씨의 처지를 알아냈다. 그런데 초조하거나 시든 느낌이 아니었다.

'남자와 붙어먹고 있는 것들이군.'

길모는 책상 앞으로 다가섰다.

"뭐요?"

통화를 끝낸 남자가 경계심을 발동했다.

"홍길모입니다."

"홍길모?"

"방금 통화했잖아요?"

"아, 홍 부장!"

남자는 그제야 알겠다는 듯 너스레를 떨었다. 위선적인 미소를 따라 눈이 부각되었다. 가만히 보니 눈이 예쁘다. 동시에 많은 생각을 담고 있다.

예쁜 눈!

관상학적으로는 어떨까?

나쁜 눈이다.

눈은 본래 가늘고 긴 눈이 좋다. 예쁘면 여자를 밝힌다. 생각이 많은 눈은 간악하다. 시비를 불러오는 눈이다. 그런데 참 희한하다. 어째서 여자들은 이런 남자를 좋아하는 것일까?

'게다가 얼굴에 흐르는 광채……'

그 또한 음란 상의 하나였다. 가만히 관상을 보던 길모는 그만 풋 하고 웃음을 터뜨렸다.

"뭐야? 기분 나쁘게 왜 웃는데?"

남자가 눈알을 부라리자 길모는 그의 사타구니를 가리켰다. 지퍼가 열린 건 아니었다. 그가 흘린 정기가 바지를 적시고 나와 밖으로 표시를 내버린 것이다. 아마 저 둘 중 한 여자와 10여 분 사이에 섹스를 했음이 틀림없었다.

"에이, 아까 화장실에서 묻었나?"

그래도 사람이다. 부끄러운 걸 알아 대충 둘러대는 남자.

"아무튼 홍숙자 일로 의논할 게 있다고?"

"예!"

"야, 너희들 나가 있어."

남자가 두 여자를 향해 손을 휘저었다.

"밑에서 아메리카노 마시고 있을게요."

"야, 거기서 전화 오면 받지 마. 알았어?"

남자는 엉덩이를 흔들며 가는 여자들을 향해 으름장을 놓았다.

"앉으셔!"

느끼함이 목소리까지 제대로 배인 남자가 건성으로 소파를 권했다.

"그럴 시간은 없고⋯ 간단히 몇 마디면 됩니다."

"뭔데?"

"듣자니 홍 마담에게 채권이 있다면서요?"

"채권? 무슨 헛소리야? 걔하고 나는 부부 같은 사이인데?"

남자가 각을 세우며 되물었다.

"홍 마담 말은 다르던데요?"

"뭐가?"

"당신하고 정리하고 싶다고."

"숙자가?"

"예!"

"크하하핫! 숙자가?"

"⋯⋯."

"야, 너 숙자랑 무슨 사이야? 너도 살 섞었냐?"

"이제부터 뭐든 좀 섞어볼까 하고!"

길모, 지금까지와 달리 묵직한 목소리를 토해냈다.

"걔는 빵에 들어가 있다. 지금은 꼴려도 못 해. 뭐 사실 너무 닳아서 맛도 없지만."

"그러니까 내 말은 이제부터 홍숙자 인생에 얼씬거리지 말았 으면 해서⋯⋯."

"싫다면?"

그 말과 동시에 길모, 남자의 얼굴을 사정없이 내질렀다.

와장창!

남자는 소파에 앉은 채로 넘어갔다. 발끈해 일어서는 남자의 멱살을 잡은 길모는 그를 벽에다 메다꽂아 버렸다.

퍼억!

잠시 벽이 들썩거리더니 남자가 거꾸로 처박혔다. 길모는 남자에게 다가가 오른손 검지로 턱을 치켜들었다. 짧은 시간이었지만 남자의 얼굴은 피범벅이 되어 있었다.

"목이 가늘고 귀에 죽은 기운 가득한 데다 밤낮으로 붉은 눈이라… 이 많은 원한을 어찌할꼬?"

"으……."

"코는 원숭이 코에 입은 둥그스레하니 성질은 지랄 맞게도 급할 테고… 나름 재주가 있어 밀어붙이는 힘은 있으니 밥벌이는 할 상이라……."

"……."

"이마는 반듯하지 못하니 초년에 개고생 좀 했을 것이고 부모는 여덟 살이 되기 전에 세상을 떠났구나. 그 박복함으로 인해 중년까지 밑바닥이다가……."

"……."

"그나마 미릉골에 운이 붙어 밥벌이는 할 상인데… 어쩔까나? 상극의 여자가 그 운을 떡하고 막고 있으니."

거기까지 말한 길모, 입을 닫고 남자를 바라보았다.

"당신… 관상가요?"

"뭐 그렇기도 하고."

"젠장, 내 살다 살다 내 과거를 손바닥 보듯 하는 인간은 처음이군."

남자는 입안의 피를 혀로 밀어냈다.

"아직 끝난 거 아니야. 당신… 마누라가 대체 몇 명이야? 부부궁에 비쳤다가 사라진 흔적만 해도 20명이 넘는군."

"……."

"그래도 새끼 사랑은 남은 걸 보니 조실부모하면서 부모님 사랑을 못 받은 게 가슴에 한으로 남았나?"

"……."

"당신 방 사장이라고 알지?"

"방… 규태?"

그가 고개를 들었다. 방 사장 또한 홍 마담 건에 엮인 사람. 그러니 알고 있는 눈치였다.

"이번에 홍 마담 덕분에 개고생 좀 했지. 그래서 나보고 배후 좀 캐오라시지 뭐야?"

"……."

"배후는 없는 걸로 할 테니까 쿨하게 끝내자고. 대신 홍 마담은 나한테 인계, 콜?"

"……."

"장호야, 생각 없는 모양인데 하드 디스크 뽑았냐?"

남자가 주저하자 길모가 책상 쪽으로 고개를 돌렸다. 장호는 이미 컴퓨터의 분해를 거의 끝낸 상태였다.

"그, 그건 안 돼!"

"그러니까 홍 마담!"

"젠장!"

남자의 고개가 떨어졌다. 길모의 제안을 받아들인다는 뜻이었다.

"아, 옵션이 하나 있는데……."

"옵션?"

"지금까지 사실혼 부부처럼 사셨잖아? 필요하면 불러서 몸 달라고 하고 돈 달라고 하고."

"……?"

"정을 생각해서 위자료 좀 주셔야겠어. 구치소에 있으니 영치금도 좀 필요하고 변호사도 사야 하잖아?"

"이, 이봐!"

"싫으면 역시 저 하드 디스크는 경찰에 보내야 할까?"

"……."

"장호야, 그거 경찰에다 던져 줘라. 불법 인신매매 기록이라면 좋아할 거다."

"주겠소!"

남자, 마침내 두 손을 들고 말았다.

길모가 받아낸 돈은 3천만 원이었다. 많지는 않지만 홍 마담의 새출발에는 도움이 될 금액이었다.

와장창!

건물을 나오기 무섭게 사무실 박살 나는 소리가 들렸다.

"성질머리하고는……."

길모가 혀를 찼다. 보지 않아도 뻔한 장면. 부아가 치민 남자가 집기에 분풀이를 하는 게 분명했다. 차에 올라 전화기 모드를 바꾸려는 순간 시간이 길모의 눈에 들어왔다.

[으악, 형. 시간을 너무 지체했어요.]

장호가 허둥거리며 수화를 그렸다. 어느새 개업식 시간이 코앞에 다가와 있었다.

"밟아라!"

[어떻게 밟아요? 오토바이도 아닌데?]

"짜샤, 프로는 핑계가 없는 거야. 그냥 때려 밟아!"

[아, 진짜… 무슨 관상대가가 자기 앞일은 안 챙기고…….]

장호의 투덜거림은 급발진 소리에 묻혀갔다.

제3장
행복한 개업식!

화환은 어마어마했다.

인파도 어마어마했다.

기자들도 왔다.

상가 사람들도 죄다 몰려와 기웃거렸다.

언제였던가? 여의도에서 방송국 국장 출신이 전주(錢主)가 되어 룸싸롱을 개업한 적이 있었다. 그때 여의도가 미어터졌다. 방송국 직원을 시작으로 연예인들, 정치인들까지 줄을 선 까닭이었다. 그때 그 룸싸롱을 들어가는 데 3달이 걸렸다는 전설, 길모는 아직도 기억하고 있었다.

"홍 부장, 축하해요!"

인파 속에서 있던 마 약사가 손을 내밀었다. 화환 중에는 그가 보낸 것도 있었다.

"뭐 하러 화환까지 보내셨어요?"

길모가 웃었다.

"아유, 보내야지. 원장들 재계약도 도움받았었잖아? 하여간 나도 세상 헛살았지. 이런 홍 부장을 두고 처음에는 헐렁한 웨이터로 생각했으니……."

"……."

"이렇게 바쁘게 돈 버느라 약국에도 잘 못 들렀구만? 난 또 우리 설화가 없어서 그런가 했네."

류설화!

그녀 이름이 나오자 잠시 하트가 시큰해지는 길모. 철들고는 첫사랑이었다. 몸이 아니라 마음으로 좋아한. 하지만 이제는 다 옛일이었다. 길모의 마음속에는 다른 여자가 들어와 있었다.

"류 약사님은 잘 적응하고 있죠?"

"어유, 그럼. 우리 설화가 보기엔 조신하고 약해 빠져도 나름 독종이거든. 학창 시절에도 중위권 맴돌다가 약대 간다고 결심하고는 바로 치고 올라간 아이야."

"네. 혹시 연락하시면 안부나 전해주세요."

"그럼, 그럼. 류 약사가 알면 좋아하겠네. 은근 홍 부장 신경 많이 쓰던 애거든."

마 약사는 그 말을 남기고 약국으로 돌아갔다.

'홍 부장 신경 많이 썼다.'

마 약사가 남긴 말이 귓전에서 뱅뱅 돌았다. 세상 모든 일에
는 때가 있다. 만약 예전에, 길모가 한참 류 약사에게 빠져 있을
때, 그때 그 말을 들었다면? 그랬다면 지금 길모의 마음속에는
류설화가 들어 있을지도 몰랐다. 아니, 길모 옆에 나란히 서서
축하객을 맞을지도 몰랐다.

하지만 빗나갔다.

평행이 되지 못하는 선. 살짝만 뒤틀려도 시간이 지날수록 멀
어진다. 그게 인연의 법칙이다.

오후 일곱 시!

기자들은 하나둘 철수하기 시작했다. 화환은 미어터졌지만
손님들이 오지 않았기 때문이었다. 당연한 일이었다. 아니, 오
다가도 돌아갈 일이었다. 아무리 관상 룸이고, 아무리 건전하다
지만 고가의 술을 마시는 곳. 그러니 기자들이 득실거리는 입구
로 걸어올 사람은 없었다.

"그만 리본 정리할까?"

천 회장이 보낸 화환 앞에서 서 부장이 물었다. 화환 속에는
각 부장들의 단골들 이름도 빼곡이 적혀 있었다. 심지어는 아가
씨들 지명단골 이름도 보였다.

"그래야겠죠?"

길모의 말이 떨어지자 서 부장은 보조들을 시켜 리본을 정리
하도록 지시했다. 정리된 리본은 계단을 시작으로 복도에 걸릴

것이다. 보통은 그렇게 한 달을 두는 게 상례였다.

입구가 정리되자 길모는 대기실로 들어갔다.

짝짝짝!

아가씨들이 박수를 쳐주었다. 혜수도 그 안에 있었다. 누구 하나 빠지지 않은 개업식. 사실 아가씨들에게야 어제와 다를 게 없지만 그래도 표정은 밝아 보였다.

"홍 부장님, 와인 따세요!"

보조 승만이가 소리쳤다. 길모는 옆에 놓인 와인 중 하나를 집어 개봉을 했다. 그런 다음, 폼 나게 아가씨들에게 돌렸다. 다음으로 보조들, 마지막은 부장들이었다.

"자, 목 축이고 잘해 봅시다!"

"와아아!"

길모가 잔을 들자 아가씨들은 환호로 답해주었다. 어쩌다 혜수와 시선이 마주치자, 길모는 찡긋 윙크를 날렸다. 그녀와의 대화는 그것으로 충분했다.

8시를 넘자 다시 전화가 빗발쳤다. 분위기를 묻는 전화였다. 기자들이 철수했으므로 문제될 게 없었다.

"으아, 최고 방송국 윤 국장님이 보도국장님이랑 오신다네."

"나는 청장님이 개업 첫 손님."

"너무 들뜨지 말고 하던 대로 하자고. 홍 부장하고 타이밍 잘 조절하고."

강 부장과 이 부장이 흥분하자 서 부장이 주의를 주었다. 길모와의 타이밍을 강조한 건 그들이 전부 관상을 목적으로 오기 때문이었다. 그러니 오래 기다리지 않도록 시간 분배가 필요했다.

보조들은 술을 정리하느라 바빴다. 일단 로얄살루트 38년산이 먼저 준비되었다. 오늘 모든 테이블에 무료로 한 병씩 올라갈 주인공이었다.

이 이벤트는 길모가 생각했던 것이다. 하지만 일부러 부장들의 의견을 받는 척하며 결정권을 넘겨주었다. 사람은 누구나 자신의 존재 가치를 인정받기를 바란다. 시켜서 하는 일보다, 스스로 참여하는 일에서 보람을 느끼는 건 당연지사.

그럼 왜 로얄살루트 38년이냐?

텐프로에 오는 손님이라면 사실 돈 100~200만 원이 아쉬운 사람은 많지 않았다. 그런 차에 로얄살루트 38년산이 공짜로 나오면?

그것만 달랑 마시고 갈 사람은 없다. 체면상 다음 오더에서 그보다 낮은 가격의 술은 시킬 수 없게 된다. 그러므로 매상 측면에서도 그리 손해 보는 일은 아니었다.

조금 먹으면 조금 싸고, 많이 먹으면 많이 싼다.

아주 간단한 논리였다.

"관상 보다가 너무 힘들면 얘기해. 손님들 양해를 구해서 다음으로 미룰 수도 있으니까."

서 부장은 길모를 배려하고 7번 룸으로 들어갔다.

[형, 첫 손님이 누구예요?]

주방에서 나온 장호가 물었다.

"내가 말 안 했냐?"

[예. 전화 온 데가 한두 군데가 아니잖아요?]

"그럼 맞춰 봐라."

[천 회장님요?]

"어쭈구리? 머리 좀 도는데?"

[쳇, 건물에 투자한 분이잖아요? 그러니 당연한 거죠.]

"나가봐라. 오실 시간 되었으니까."

[알겠습니다.]

장호는 거수경례를 붙이고 계단으로 뛰었다.

길모는 잠시 1번 룸을 열었다. 그런데 비어 있어야 할 룸 안에 혜수가 있었다. 그녀는 벽의 휘호를 바라보고 있었다.

"뭐해?"

"어, 부장님!"

"여유?"

길모도 혜수 옆으로 다가섰다.

"이 말… 진짜 멋지지 않아요? 유복동향 유난동당…….""

"그렇지?"

"그리고 이거 받으세요."

혜수가 봉투 하나를 내밀었다.

"뭐야?"

"가게 운영비에 보태요."

봉투 안에 든 건 1억 수표였다.

"사우디아라비아 왕자님이 주신 거예요. 팁은 각자 마음대로 해도 된다고 했잖아요?"

"그랬지?"

"그래서 투자하는 거예요. 부장님도 회전 자금 필요할 테고……."

혜수가 웃었다. 미안하게도 길모가 생각도 못한 일이었다.

"회전 자금이라……."

"뭐 술이랑 안주는 그냥 들어온데요? 게다가 앞으로 쓸 만한 아가씨들 보강하려면 마이낑 자금도 가지고 있어야 하잖아요."

"그것까지 걱정하고 있었어?"

"부장님은 사사롭게는 제 스승이고 또……."

혜수는 뒷말을 잇지 못했다. 길모가 어깨를 당겨 키스를 해버린 것이다.

"안 돼요. 누가 보면……."

혜수는 길모의 얼굴을 밀어냈다.

"알았어."

"그런데 나보다 잘난 아가씨는 데려오지 마세요. 혹시라도 1번 룸 퀸 자리 뺏기면 무지무지 속상할 거 같아요."

"그럼 혜수는 홍길모 퀸 하면 되지."

"미안하지만 나는 둘 다 하고 싶거든요."

"혜수……."

"에, 뭐예요? 그 표정은……."

혜수는 길모의 옷깃을 바로잡아 주었다. 그때 마침 유나가 문을 벌컥 열었다.

"부장님!"

"어? 어……."

급작스러운 소리에 놀라 돌아보는 길모.

"뭐야? 두 사람 설마?"

유나의 눈이 도끼날로 변하기 시작했다.

"응?"

"설마 블루스 연습?"

"푸하핫!"

잔뜩 긴장하던 길모가 웃음을 터뜨리고 말았다. 하지만 더는 웃지 못했다. 장호가 어느 틈에 천 회장을 모시고 들어섰기 때문이었다.

"회장님!"

"축하하네!"

천 회장이 손을 내밀었다.

"고맙습니다."

"같은 건물인데도 주인 빨이 있는 게야. 오다 보니 전과는 느낌이 다르더라고."

"다 회장님 덕분입니다."

"내가 뭘? 나야 밥 먹고 투자하는 게 일인 사람인데……."

천 회장은 상석에 자리를 잡았다.

"혼자 오셨습니까?"

길모가 물었다.

"안 되나? 나도 모처럼 오붓하게 즐겨볼까 하고 말이야."

"회장님도……."

"아가씨는 번거롭게 하지 말고 혜수나 앉히고 내가 마시는 술 한 병 가져오시게."

"알겠습니다."

길모는 천 회장이 십팔번처럼 찾는 꼬냑을 세팅했다. 물론 아가씨는 희망대로 혜수를 착석시켰다.

"이 술은 무료입니다. 별것 아니지만 제 성의이니 받아주시기 바랍니다."

"딱 한 병은 그렇게 하지."

"고맙습니다. 그럼 한 잔 받으시지요."

길모, 정성을 다해 술을 따랐다.

"홍 사장도 받으시게."

"감사합니다."

길모는 두 손을 내밀어 천 회장의 술을 받았다.

"방송 보았네. 자꾸 유명해지니 앞으로 잘 못 볼까 은근 걱정이 되더군."

"회장님은 별말씀을……."

길모는 겸손하게 응대했다. 룸 안에는 이제 천 회장과 길모, 혜수를 합쳐 세 사람만 남았다. 손님과 앉은 혜수. 그걸 바라보는 기분은 전과 달랐다. 하지만 그뿐이었다. 혜수를 믿지 못한다면 대한민국의 어떤 여자도 믿을 수 없었다.

"그러니까 사우디아라비아 왕자가 이 방을 다녀갔다?"

천 회장의 시선이 룸을 더듬었다.

"바로 그 자리에 앉으셨어요."

혜수가 상황을 설명했다.

"그렇다면 송 회장은 홍 부장 자리에 앉았겠군."

"네!"

"아랍인이라면 모시기 쉽지 않았을 텐데… 까탈스럽지는 않던가?"

천 회장이 길모를 바라보았다.

"처음에는 좀 걱정을 했는데 큰 애로는 없었습니다."

"그 양반도 홍 부장 관상 때문에 온 거라고?"

"동방에 대한 호기심인 것 같았습니다."

"가능한가? 아랍인이면 이목구비가 우리와 많이 다를 텐데?"

"조금 힘들긴 했지만 그래도 눈 코 입 달린 사람이니 대략 넘겼습니다."

"하긴 자네가 중국도 평정하고 왔다지?"

"모 대인님께서 그러시던가요? 평정은 당치 않고 그저 망신만 면했습니다."

"허어, 겸손도 지나치면 좋지 않다네."

"송구합니다."

"아무튼 좋군. 자네가 쭉쭉 뻗어나가는 모습……."

"다 회장님의 성원 덕분이 아닌가 싶습니다."

"우리야 인연이 각별하지 않나? 따지고 보면 나도 자네에게 큰 빚이 있는 사람이고."

"관상도 학문에 속하고 학문은 누군가에게 도움이나 깨우침을 주고자 함이니 당연한 일이었습니다."

"그 말이 맞군. 누군가에게 깨우침을 주는 것이라……."

"그럼 혜수와 말씀 나누십시오."

"나가려고?"

길모가 엉덩이를 들자 천 회장이 물었다.

"예. 혜수가 눈치를 줄 것 같아서……."

"잠깐 더 있으시게. 실은 한 사람이 더 오기로 되어 있거든."

"예?"

"모 대인님 말일세. 늦으시는 걸 보니 선약이 늦게 파하시는 모양이군."

모상길도 양반은 못 되는 것일까? 이름을 화두에 올리기 무섭게 룸이 열렸다.

"어이쿠, 이거 하는 일 없는 백수가 마음만 바빠 좀 늦었습니다."

"모 대인님!"

길모는 벌떡 일어나 모상길을 맞았다.

"그렇잖아도 대인님 흉을 보던 참입니다. 기왕이면 좀 더 늦으면 좋았을 것을요."

천 회장이 너스레를 떨었다.

"아이고, 그럼 나갔다가 들어올까요?"

모상길은 주저 없이 농담을 받아쳤다. 길모는 장호에게 승아를 들이도록 지시를 내렸다.

"홍 부장, 사우디아라비아 왕자 관상까지 보았다고?"

잔을 받아든 모상길이 물었다.

"그냥 맛보기만……."

"하핫, 내 이럴 줄 알았지. 그게 아무나 할 일인가?"

"그 말씀은 그만하십시오. 몸 둘 바를 모르겠습니다."

"괜찮아. 솔직히 이제 대한민국 관상은 자네 손바닥 안일세. 목에 힘 좀 줘도 돼."

"내 말이 그 말 아닙니까?"

모상길의 말에 천 회장도 공감을 표하고 나섰다.

모상길이 가세하자 대화에 활기가 돌기 시작했다. 천 회장은 여전히 모상길에게 공손했다. 그러는 사이에 길모에게 콜이 들어왔다. 이 부장에 이어 강 부장, 서 부장도 예외가 없었다.

관상!

방송의 힘은 대단하다. SNS 또한 그랬다. 나이가 지긋한 사람은 몰라도 50대 초반만 되어도 핸드폰을 꺼내 SNS를 과시했다.

관상왕의 1번 룸.

어떻게 안 걸까? 그들의 핸드폰에 저장된 SNS들은 한결같이 그런 표현을 쓰고 있었다.

한 사람에 딱 한 관상.

그렇게 했는데도 시간이 꽤 걸렸다.

"올해 승진 운 있습니다. 두 달쯤 후겠네요."

길모는 그 말을 끝으로 강 부장의 담당 룸에서 나왔다. 정부 기관 국장의 관상이었다.

"고무적이군요. 모 대인님도 컴백을 고려해 보심이……."

길모가 돌아와 다른 룸에서 일어난 일을 말하자 천 회장이 모 상길에게 의견을 던졌다.

"어이쿠, 다 늙은 게 무슨 능력으로……."

모상길은 당장 손사래를 쳤다.

"원래 익어서 좋은 게 있지 않습니까? 이번 기회에 나서시면 관상의 부흥에 도움이 되지 않을까요?"

"하핫, 그건 홍 부장 가는 길에 숟가락 하나 거저 올리는 것과 같지요. 저는 누가 뭐래도 지금이 좋습니다."

"하여간 고집은……."

피식 웃음을 지은 천 회장, 길모를 향해 대화를 이어갔다.

"내가 부탁이 하나 있네."

"말씀하십시오."

"근간 내 지인이 찾아올 걸세. 자네 도움이 필요한 것 같으니 시간 내서 관상 좀 봐주면 좋겠네만."

"그게 뭐 어렵겠습니까? 어떻게든 예약에 끼워두겠습니다."

"고맙네."

천 회장은 남은 술을 비우고 지갑에서 수표 두 장을 꺼내 들었다.

"팁이다. 홍 부장이 술값은 안 받는다니 꽃값이라도 놓고 가야지."

"고맙습니다!"

[고맙습니다!]

혜수와 승아가 거의 동시에 인사를 했다.

"그럼 먼저 가십시오. 저는 홍 부장 활약상이나 좀 더 들어야겠습니다."

모상길이 말하자 혜수의 입이 벌어지는 게 보였다. 늘 모상길을 반가워하는 그녀였기 때문이었다.

길모와 혜수는 천 회장을 배웅하고 1번 룸으로 돌아왔다. 승아는 눈치껏 빠졌다. 시계를 보니 다음 예약까지는 20여 분이 남았다. 그나마 천 회장이 일찍 털고 일어난 덕분이었다.

"바쁜데 주책을 부리는 건 아니겠지?"

다시 술을 받아든 모상길이 길모에게 물었다.

"별말씀을요. 천천히 드십시오."

"혜수야!"

술잔을 비워낸 모상길이 혜수를 바라보았다.

"네, 대인님!"

"어디 그 동안 실력이 좀 늘었나 보자. 궁합이 어떠냐?"

"천 회장님과 홍 부장님 궁합 말인가요?"

혜수, 기다렸다는 듯이 말을 받아들었다. 그 말에 길모도 고개를 들었다.

느닷없는 질문이었다. 천 회장과 길모의 궁합이라니? 하지만 뜯어보니 살짝 뼈가 들어 있는 말이기도 했다.

"오라, 명장 밑에 약졸 없다더니 너도 그새 반은 관상쟁이가 되었구나. 내 얼굴에 그렇게 쓰여 있더냐?"

"그냥 눈치로 때려잡았습니다."

"그야 모로 가도 서울만 가면 되니 상관없고… 어떠냐?"

"오늘까지는 잘 맞습니다."

"오늘까지라?"

"내일 관상은 내일 봐야 하는 거 아닐까요?"

"뭐라? 아하하핫!"

혜수의 대꾸에 모상길은 허리를 잡고 웃었다.

모상길이 웃는 이유를 길모는 알았다. 혜수의 말은 명언이었다. 물론 길모처럼 특이한 경우라면 예외가 되겠지만 일반적인 관상가에게는 교과서에 속할 말이었다. 내일 관상은 내일 봐야한다. 그만큼 얼굴색이 중요한 까닭이었다.

"홍 부장!"

모상길의 눈빛이 길모에게 건너왔다.

"내가 왜 이걸 물었는지 아시겠는가?"

"……."

"천 회장에게 지원을 부탁한 게 나였네."

"……!"

놀란 길모가 고개를 들었다.

"하지만 고마워할 거 없네. 천 회장은 누구 부탁으로 돈을 굴리는 사람이 아니니까."

"……."

"그 양반은 자기 촉수에 의해 돈을 굴린다네. 그러니 나는 도운 게 없는 셈."

"대인님……."

"도돈불이라는 말을 아시겠지?"

"예……."

"내가 이러는 건 그 말 때문이라네. 도와 돈은 둘이 아니라는 말… 맞으면서도 맞지 않는 말이지. 돈은 때로 도보다 높은 곳에 군림하기도 한다네."

"……."

"한 가지는 참고하시게. 도에는 돈이 속할 수도 있지만 돈에는 도가 속하지 않는다는 거."

"……."

"그러나 자네는 넓고 깊은 관상을 이룬 사람. 그러니 그 정도는 당연히 통제하리라 믿네. 나하고는 차원이 다른 사람이니까."

모상길의 눈빛에서 깊은 과거가 꿈틀거렸다. 길모는 아슴푸레 모상길의 마음을 공감했다. 어쩌면 경험담이었다. 돈의 경계. 돈을 빌려준 사람의 경계. 돈 때문에 파산 나는 수많은 관계에 대한 경계를 새겨주고 있는 것이다.

"늙은이는 그만 가겠네. 요즘 좀 무리하면 다음 날 맥을 못 춰서 말이야."

모상길이 지갑을 꺼냈다.

"혜수도 궁합 볼 일이 생긴 게로구나. 명궁과 간문이 훤해진 걸 보니."

모상길은 30만 원의 팁을 남기고 바람처럼 퇴장했다. 그러나 그 여운은 길모의 마음에 남았다.

모상길이 던져 두고 간 두 개의 화두.

하나는 천 회장 관련이었다. 빌려준 자의 여유와 빌린 자의 마음에 남은 부담. 그걸 생각하지 못했었다. 두 번째는 혜수에게 한 말이었다. 그는 알고 있는 걸까? 길모와 혜수가 사랑에 빠진 걸?

혜수가 다른 룸으로 간 후에도 길모는 생각을 내려놓지 못했다.

어쩌면 모상길은 길모의 한계를 지켜보고 있는 건지도 몰랐다. 돈 몇 푼에 휘둘리는 관상가냐? 아니면 돈을 지배하는 관상가냐.

'천 회장님······.'

언질을 곱씹다 보니 천 회장이 던지고 간 끼워넣기 예약이 떠올랐다. 괜한 예감일까? 어쩐지 좋은 일은 아닐 것 같다는 생각이 길모의 머리를 바늘처럼 파고들기 시작했다.

제4장

호랑이 굴에 들어온 남자

"역삼동 출발합니다!"

"장충동 출발요!"

바쁜 건 길모만이 아니었다. 윤표와 성표 등도 주차관리와 대리운전을 도맡아 뛰느라 눈코 뜰 새 없었다.

딸랑딸랑!

막 두 대의 세단이 출발했을 때였다. 컵라면을 가지고 나온 장호가 방울을 흔들었다.

"으아, 간식이냐?"

윤표는 반색을 했다.

[먹고 해. 바쁘지?]

"말 마라. 정신이 하나도 없다."

[성표는?]

"곧 올 거다. 방금 손님 내려주고 KT바이크 탔다고 문자 왔거든."

KT바이크는 폭주족들의 은어다. 총알택배처럼 사람을 싣고 질주하는 오토바이. 이들은 때로 시간에 쫓기는 신혼여행객이나 해외출장객들까지 모신다. 광화문에서 인천공항까지 날아갈 듯 가는 것이다.

"길모 형 대박이네."

윤표가 컵라면을 '마시며' 말했다. 한참 먹을 나이, 그야말로 먹는 게 아니라 마신다는 표현이 옳은 정도였다.

[형 진짜 대단하지? 완전 승승장구야.]

"부럽다. 우린 언제 이런 건물 가져보냐?"

[너도 관상 배울래?]

"됐다. 형 옆에 있는 너도 못 배우는 관상을 내가 어떻게?"

[야, 나는 말을 못 하잖아?]

"대신 눈치는 존나 빠르지."

[더 먹어라. 저쪽에 아예 두 박스 준비해 뒀어. 형이 지시하더라고.]

"역시 길모 형밖에 없다니까."

[그래도 조심해. 손님들에게 공손한 거 잊지 말고.]

"그런 걱정 말고 손님들이 마시다 남기고 가는 양주 있으면

좀 꼬불쳐 놔라. 애들이 텐프로에서 양주 한잔하는 게 소원이란
다."

윤표가 데리고 온 폭주족들은 모두 다섯 명. 그중 세 명은 텐
프로가 뭔지도 모르는, 그저 오토바이나 방방거릴 줄 아는 젊은
이였다.

[야, 솔직히 말해. 목적은 양주가 아니고 아가씨들이지?]

"그럼 어쩔래? 소개팅이라도 시켜줄래?"

[못 할 것도 없지.]

"진짜?"

윤표의 눈이 휘둥그레졌다.

[기대해라. 너희 다섯 명 이따가 뻑 가게 해줄 테니까.]

장호는 호언장담을 했다.

길모는 몸이 열 개라도 모자랐다. 이 방 저 방에서 모두 길모
를 원했다. 심지어 룸에 들어갈 때마다 마치 연예인이라도 되는
듯 박수까지 받았다. 적반하장이라고 유명 연예인들이 차지한
룸에서도 그랬다. 길모는 그야말로 스타였다.

"우리 걸그룹이 이번에 신곡 내는데 빅히트 칠 수 있을까요?
그런 건 관상에 안 나오나요?"

연예인들을 데리고 온 기획사 사장이 물었다. 명함을 보니 송
송 엔터테인먼트 대표라고 박혀 있다. 나름 괜찮은 지명도를 가
진 기획사였다.

"사장님 관상은 좋습니다. 하지만 신곡이라면 그 당사자들을 봐야……."

"어, 그럼 애들 전부 콜할까요?"

"예?"

사장의 득달같은 반응에 놀라 움찔거리는 길모. 이렇게 전격적으로 나올 줄은 몰랐기 때문이었다.

"홍 부장님이 허락하면 당장 콜하겠습니다. 아, 히트만 칠 수 있다면야 뭔들 못 하겠습니까?"

사장은 정말 전화를 걸 기세였다.

"그 걸그룹은 미성년자도 있는 걸로 압니다. 게다가 지금 시간이 워낙……."

길모가 웃었다.

"그럼 언제 시간 좀 내주십시오. 알고 보니 에뜨왈이 대박 낸 연예인 광고도 부장님이 관상으로 걸러주신 거라면서요?"

"……."

"아니면 미성년자고 뭐고 애들 다 데리고 쳐들어올 겁니다. 그럼 좀 곤란해지실 걸요?"

"그, 그건……."

"홍 부장, 좀 봐드려. 나랑 10년 단골이신데……."

옆에 있던 이 부장이 지원에 나섰다.

"진심이시라면 잠깐은……."

"아이고, 고맙습니다. 내일, 내일 당장 차 보내드리지요. 몇 시가 좋을까요?"

"오전은 제가 자야 하니까 이른 오후면……."

"알겠습니다. 이른 오후에 연락드리고 차 보내드리겠습니다. 잘 부탁합니다!"

사장은 체면조차 잊은 듯 길모에게 묵례까지 올렸다.

"고맙다. 체면 세워줘서."

복도로 나오자 따라나온 이 부장이 말했다. 길모는 웃었다. 다소 이기적이며 다혈질적인 성향이 있는 이 부장. 기분에 살고 기분에 죽는 그를 알기에 사양하기 어려운 일이었다.

마지막 손님을 받자 시간은 새벽 3시가 가까웠다. 어찌나 많은 손님들이 몰렸던지 아가씨들도 죄다 파김치가 되어가고 있었다.

"그럼 또 뵙겠습니다."

1번 룸의 최종 예약자 박종국이 자리를 털고 일어섰다. 접대비가 없어 길모에게 외상 접대를 부탁하던 박종국. 그는 이제 내실 있는 사업가로 변모해 있었다. 매상도 화끈하게 올려주었다. 핵심 측근 둘을 데리고 온 그는 4,000만 원을 질렀다. 마침 새로운 대형 계약이 성사되었다며 기분을 낸 것이다.

"마감이야?"

박종국이 출발하자 뒤에 서 있던 서 부장이 물었다. 그의 마지막 손님도 막 떠난 참이었다.

"그러네요. 힘드셨죠?"

"내 인생에 이런 개업식은 딱 두 번째야. 어릴 때 종로의 요정이 개업할 때 정관계 인사들이 붐비던 때 이후로……."

"그때는 대통령도 왔었다면서요?"

"그랬지. 하지만 매상은 우리가 더 셀걸. 그만 마무리하자고."

서 부장은 퀭한 눈으로 옷깃을 바로잡았다. 바로 그때 길모의 전화기가 울었다.

'응?'

박길제였다.

박길제. 주식의 신. 그러나 마음을 바꿔 소박한 투자자로 돌아간 그가 전화를 건 것이다.

"여보세요!"

전화를 받자 살짝 술에 취한 박길제의 목소리가 흘러나왔다.

─홍 부장님, 나 알죠?

"그럼요. 이 시간에 웬일이세요?"

─아, 웬일은 뭐가 웬일입니까? 거기 가려고 전화했었는데 맨날 통화 중이고… 가게에다 전화했더니 예약은 한 달 후에나 가능하다던데 이래도 되는 겁니까?

"죄송합니다. 워낙 전화가 몰리는 바람에……."

몇 번째 듣고 있는 소리였다. 통화 중에 오는 전화가 많다 보니 일일이 체크하지 못한 통화가 많았다.

─죄송 같은 거 필요 없고 양주나 한 잔 마시게 해주세요. 딱

한 병이면 됩니다.

"지금요?"

―왜요? 이제 잘나간다고 튕기는 겁니까?

"그건 아니지만……."

―체면 좀 봐주세요. 부장님 만나서 도를 깨달았다고 했더니 확인시켜 달라고 찍자 붙는 양반이 있거든요. 이 양반이 나름 쩐도 있어서…….

"……."

―지금 쳐들어갑니다.

"오세요. 기다리고 있겠습니다."

길모는 예약을 접수했다. 물장사라는 게 이렇다. 손님이 있으면, 24시간이라도 돌려야 한다. 나 피곤하다고 손님을 마다하기는 어려운 일이었다. 더구나 특별한(?) 단골손님 아닌가?

"이 시간에 추가 예약?"

서 부장이 돌아보았다.

"마감하시고 먼저 들어가세요. 거절하기 어려운 분이라……."

길모는 가벼운 웃음으로 넘겨 버렸다.

"와아아!"

마감이 끝나자 카날리아에는 환호가 울려퍼졌다. 개업식은 초대박이었다. 손님만 몰린 게 아니라 매상도 엄청났다. 세 부장들까지도 억대 매상을 가뜬히 넘긴 것이다.

"와아아!"

환호는 주차장에서도 울려 퍼졌다. 윤호와 그 친구들이었다.

아가씨 귀가도우미!

환호성의 이유는 그것이었다. 장호가 차 없는 아가씨들에게 오토바이를 한 대씩 배당한 것이다. 알딸딸하게 술이 오른 아가씨들은 윤호와 친구들 뒤에 탄 채 찰싹 밀착해 왔다. 윤호는 그제야 장호가 한 말의 의미를 알았다.

빽 가게 해줄게.

어째서 아닐까? 고스란히 등에 느껴지는 아가씨들의 볼륨감은 따따블로 빽 가고도 남을 일이었다.

"유나하고 승아가 좀 남을래?"

대기실에 들어온 길모가 사단 아가씨들을 향해 말했다.

"예약 또 있어요?"

벌써 옷을 바꿔 입은 혜수가 물었다.

"그렇게 됐어."

"그럼 내가 남을게요."

혜수는 기꺼이 대답했다.

"아니야. 혜수하고 홍연이는 따블, 따따블 뛰느라고 힘들었잖아? 유나하고 승아가 남는 게 좋겠어."

길모는 혜수의 등을 밀었다. 편애가 아니었다. 대표 에이스인 덕분에 모든 초이스에 투입되고 새로 온 손님 테이블에도 어김없이 인사 차출을 당했던 혜수와 홍연. 그녀들은 로봇이 아니니

배려를 하는 게 마땅했다.

[언니, 잘 가!]

"그래. 먼저 가서 미안해."

승아가 수화를 그리자 혜수는 손을 들어 화답했다. 잠시 후에 길모 전화기가 문자 수신을 알려왔다. 혜수가 보낸 문자였다. 답문을 누를 때 아가씨 귀가를 돕고 돌아온 성표가 캐딜락을 도로변에 세웠다. 바로 그때 세단 한 대가 들어섰다.

'왔군.'

박길제.

겁악제빈의 세 번째 주인공.

서늘한 새벽바람과 함께 아련한 느낌이 스쳐 갔다. 관상은 변한다. 삶도 변한다. 그때는 뭐가 뭔지 몰라 스스로에게 휘둘리던 길모. 이제 카날리아의 주인이 되어 돌아보니 만감이 교차해 갔다.

그리고…….

박길제가 내렸다. 길모는 본능적으로 손을 내려다보았다.

후웅!

애절하면서도 소리 없는 격정을 울리던 혼의 울림. 박길제를 향해 걷잡을 수 없도록 반응하던 손. 그런데 지금은…….

후웅!

'응?'

착각일까?

악으로 치부한 인간을 향해 애절하게 반응하던 손과 눈. 그러나 이제 그런 반응은 멈춘 지 오래였다. 그런데 길모의 손이 새삼 박길제 앞에서 반응하고 있었다.

'그렇다면 이 인간이 다시 악행으로 치부를 하고 있다는?'

길모는 척추에 맺혀오는 한기를 느끼며 고개를 들었다.

"어이, 홍 부장님!"

술이 오른 박길제가 손을 내밀었다. 그 뒤로 장년의 남자 하나가 보였다.

"모시겠습니다."

길모는 꾸벅 인사를 하고 계단을 내려섰다.

"어이구, 이거 엄청나네. 화환이 수백 개는 온 모양인데?"

뒤따라오던 박길제와 일행이 리본을 보며 대화를 나누었다. 어쩐 일인지, 남자의 목소리는 길모의 귀에 좀 거슬렸다.

"들어가시죠."

길모는 고개를 조아린 채 1번 룸을 열었다. 남자는 큼 헛기침을 하고는 룸으로 들어갔다.

[에이, 보아하니 술도 좀 마셨구만······.]

복도에서 대기하던 장호가 신경질적으로 수화를 그렸다.

"어쨌든 손님이시다!"

[그래도 지금이 몇 시예요? 우리가 무슨 싸구려 단란주점도 아니고······.]

"장호야!"

[저 테이블에도 로얄살루트 38년 공짜로 올려요?]

"당연하지."

[으아, 그거만 마시면 그냥 갈 사람들 같은데…….]

"까불지 말고 빨리 세팅이나 해. 유나하고 승아도 부르고."

길모는 투덜거리는 장호의 등짝을 밀었다.

"개업식이라 아가씨들이 너무 무리한 탓에 다 보내고 둘만 남았습니다. 앉혀도 될까요?"

유나와 승아를 거느리고 들어선 길모가 박길제에게 양해를 구했다. 남자는 소파 끝에서 고개를 돌린 채 전화를 걸고 있었다. 간간이 들려오는 소리…….

혼자 온 손님?

돈 먼저 받고 놀라 그래.

남자는 핸드폰을 살짝 가린 채 뭐라고 계속 중얼거렸다.

"무슨 상관입니까? 자리 내준 것만 해도 황송한 탓에…….."

박길제는 흔쾌히 아가씨들을 맞았다. 이어 장호가 로얄살루트 38년산을 세팅했다.

"오늘은 한 병 무료입니다. 전작이 있으신 거 같으니 그냥 편안히 한잔하시고 가시죠."

"무료? 그럼 안 되죠. 예약도 억지로 했는데…….."

"정 그러시면 일단 마셔보시고…….."

"아, 아닙니다. 그냥 한 병 더 가져오세요. 이러면 마음 편치 않아 못 마십니다."

박길제가 손사래를 쳤다.

"맞아요. 각 일 병 마시고 갈 테니 한 병 더……."

순간, 막 통화를 끝내고 돌아보던 남자의 시선이 길모의 얼굴에서 멈췄다.

"……!"

그 표정은 미묘하기 그지없었다. 놀라움에 이어 경악과 혼란까지 범벅이 된 표정이었다.

"너……."

마침내 거품까지 물기 시작하는 남자.

"왜 그러십니까? 황 실장님!"

지켜보던 박길제가 놀라 물었다.

"너… 너……."

비틀 일어선 남자가 길모에게 다가섰다. 돌연한 행동에 룸 안의 모든 시선이 남자에게 쏠렸다. 승아부터 장호의 눈까지 전부.

너라니?

이 인간 혹시 개진상?

하지만…….

"너… 호영이?"

남자의 입에서 느닷없는 이름이 나오자 길모의 눈까지 휘둥그레졌다.

윤호영!

그를 알고 있는 남자였다.

"말도 안 돼. 죽은 놈이 어떻게… 물, 물……."

창백해진 남자가 승아를 향해 손을 내밀었다. 승아가 물 컵을 건네주자 그는 그걸 마시지 않고 머리에 부었다.

"한 잔 더!"

다시 물을 받아든 남자는 거푸 머리에 들이부었다.

"황 실장님!"

"이거 뭐야? 박 선생, 지금 우리가 꿈을 꾸는 거요, 뭐요?"

머리를 흔들며 박길제를 돌아보는 남자.

"그러니까 왜 그러는지 말씀을 하셔야……."

박길제는 여전히 어리둥절한 표정이었다.

"윤호영… 너 안 죽었었냐? 아니지. 무슨 그런 말도 안 되는……."

남자는 길모의 두 볼을 맞잡고 문질러 댔다.

장년의 남자.

분명히 윤호영을 알고 있다. 이 남자는 누구란 말인가? 돌발 상황에 놀란 길모의 눈동자는 점점 커져 가기 시작했다.

"당신 몇 살이요?"

남자가 다그치듯 물었다.

"아니지. 이름은? 이름?"

"홍길모입니다."

"신분증, 신분증 좀 볼 수 있겠소?"

"……."

"이 얼굴… 본 얼굴이요?"

"당연히 부모님이 주신 얼굴입니다."

"맙소사!"

남자는 그대로 소파에 주저앉았다.

"황 실장님!"

박길제는 술이 다 깬 얼굴로 남자를 바라보았다.

"허허, 살다 보니 이렇게 닮은 사람도 다 있군. 완전 붕어빵에 복사기 아닌가? 찍어낸 거 같잖아."

남자는 절레절레 고개를 젓더니 제 손으로 술을 따랐다.

"무슨 일인지 물어도 되겠습니까?"

남자가 술잔을 비우자 박길제가 물었다. 함께 궁금하던 길모는 남자를 바라보았다.

"미안하외다. 전작이 그리 심한 것도 아니었는데……."

남자는 잠시 숨을 돌렸다.

"우리 홍 부장과 안면이 있으신 겁니까?"

"그게 아니고… 내 조카뻘 되는 아이와 너무 닮아서……."

'조카뻘?'

남자의 말은 한 줄기 레이저광선이 되어 길모의 머리를 스쳐 갔다. 조카뻘이라면 먼 친척. 그렇다면 생각나는 사람이 있었다.

'6억 보상금을 타간 치졸한 친척……'

그 말을 확인시키기라도 하려는 듯 남자의 입이 열렸다.

"실은 얼마 전에 사고로 죽은 조카가 있는데 그놈이 저 친구와 복사판이었지 뭡니까? 내 손으로 화장해서 좋은 데 묻어주고도 하도 똑같아서……."

좋은 데!

돌연한 한마디가 길모의 갈비뼈에 덜컥 걸려왔다. 단지 친척이라는 이유만으로, 단지 법률상 상속권이 있다는 이유만으로 호영의 마지막을 수습해 간 인간. 보상금으로 6억의 거금을 받았음에도 가장 구석지고 가장 초라한 납골에 호영의 넋을 버리고 간 그 인간이 아니었던가?

길모는 아직도 또렷이 기억하고 있었다. 호영의 납골을 옮겨주던 그날. 납골당 사무실에서 들었던 그 친척의 인간의 저렴한 행태…….

"황 실장님이 착각을 할 정도로 닮았단 말씀입니까?"

박길제가 물었다.

"닮기만 했으면 말을 안 합니다. 그냥 똑같다니까요. 어찌나 똑같은지 처음에는……."

남자를 길모를 바라보며 뒷말을 흐렸다.

"허어, 다시 봐도 똑같아. 세상에, 세상에나!"

"그것도 참 기묘한 인연이군요."

박길제가 고개를 끄덕였다.

"아무튼 당신, 윤호영이 아니다 이거지?"

남자는 한 번 더 확인하려는 듯 길모를 바라보았다.

"제 이름은 홍길모입니다. 태어나서 지금까지 쭉!"

"알겠소. 이거 내가 결례를 했다면 이해하시오."

"괜찮습니다."

길모는 가벼운 목례로 인사를 대신했다. 그런 다음 도끼눈으로 변한 장호에게 슬쩍 눈치를 주어 복도로 내보냈다. 잔뜩 긴장한 장호가 돌발 행동을 할지도 몰라서였다.

"그런 사연이 있으셨군요."

박길제가 술병을 들며 말했다.

"살다 보면 이런 일 저런 일이 많은 법이지요. 내가 진짜 아끼던 녀석이었는데……."

남자는 측은한 표정으로 혀를 찼다.

"뭐 좋게 생각하시죠. 그렇게 아끼던 조카였다면 비슷한 얼굴 보는 것도 위로가 될 수 있고……."

"비슷한 정도가 아니라 아예 똑같다니까요. 붕어빵, 붕어빵!"

"아, 예."

"아이고, 호영이 놈 부디 좋은 데로 갔어야 할 텐데… 꼴을 보아하니 그 흔한 노래방 여자 한 번 못 품어본 숙맥 같던데……."

남자는 몇 번이고 거듭 한숨을 쏟아냈다.

'노래방?'

느닷없는 비유에 길모가 고개를 갸웃거렸다. 하필이면 왜 노래방이란 말인가?

남자의 이름은 황기수였다.

'그리고 호영의 목숨값 6억을 가로챈 인간……'

이 인간이 바로 그 친척이라면 '가로챈' 이라는 표현은 썩 적절했다. 그렇지 않고서야 그토록 소홀하게 생을 마감시키지는 않았을 일이었다.

[형!]

잠시 숨을 돌리려 복도로 나온 길모를 장호가 잡아챘다

"쉿!"

길모는 습관적으로 손가락으로 입을 막았다.

[그 인간 맞죠? 윤호영 형 보상비 받아 처먹은……]

"아마 그런 거 같다."

[으아, 세상 좁네요. 그 인간이 여길 다 오고……]

"우리에게는 완전 행운이지!"

숨을 돌린 길모가 씨익 미소를 머금었다.

[행운이라고요? 뭐가요?]

"그렇잖아도 한 번 만나고 싶었거든."

그건 진심이었다. 호영의 납골묘를 옮기면서 벼르고 별렀던 인간. 그동안 숨 돌릴 새 없이 바쁜 탓에 잊고 살았는데 제 발로 나타나 주었다. 이 어찌 행운이 아닐까?

큭큭큭!

웃음이 절로 나왔다.

"윤표랑 애들 왔냐?"

[몇은 왔고 몇은 오고 있는 중이래요.]

"애들 맥주 한 박스하고 로얄살루트 두 병 세팅해 줘라."

[진짜요?]

"그래. 오늘 고생 많이 했잖아. 안주는 이모한테 잘 부탁하고."

[알았어요.]

장호가 주방으로 뛰는 사이에 길모는 1번 룸을 돌아보았다.

'호랑이 굴에 제 발로 온 인간이라… 슬슬 한 번 놀아줄까?'

길모는 회심의 미소를 머금었다.

"어이쿠, 다시 봐도 똑같네."

다소 여유를 찾은 황기수. 길모에게 술을 권하며 너스레를 떨었다. 사람이란 게 이렇다. 금세 숨이 넘어갈 듯하지만 바로 적응한다. 그렇기에 인간은 적응의 동물이다.

"듣자니 그렇게 관상을 잘 보신다며?"

술이 몇 잔 더 들어간 탓일까? 슬슬 반말이 나오기 시작했다.

"과찬이십니다. 그저 흉내나 내는 정도입니다."

길모는 가볍게 받아넘겼다.

"과찬이라니? 여기 박 선생 입에 침이 마르던데……."

황기수는 손에 든 술을 원샷으로 마셨다.

관상!

그 말은 또 한 번 길모의 폐부를 찔렀다. 황기수는 윤호영의 유품을 정리한 사람. 길모에 앞서 그의 방을 다녀간 사람이다. 그런데도 호영이 관상 공부를 했다는 걸 모르다니? 그저 돈 되는 물건에만 마음이 꽂혔다는 방증이었다.

"우리 홍 부장은 이 시대의 관상대가입니다. 아니, 잘은 모르지만 역사적으로 쳐도 최고에 속할 거라고 생각합니다."

박길제가 끼어들었다.

"에이, 설마 그렇게나? 나 어릴 때 우리 고향에 살던 스님도 얼마나 용했는데……."

"스님이라고요?"

"그 양반 말씀이 이 다음에 어른이 되면 밥을 빌어먹어도 사람 여럿 부리는 일을 하라고 했지요. 특히 여자로 말입니다. 그 말은 한 번도 틀림이 없었지요."

"홍 부장!"

박길제가 길모를 바라보며 말을 이었다.

"우리 황 실장님 관상 좀 봐줘요. 아, 관상왕이 이런 말 듣고 그냥 있으면 안 되지."

"뭘 봐드릴까요?"

길모의 시선이 황기수에게 향했다.

"기왕 볼 거면 돈복 좀 봐주시게. 내 소원이 돈 통에 빠져 죽는 것이니."

"돈벼락이라면 벌써 맞지 않았습니까? 관상을 보아하니 얼마

전에 6억짜리 돈벼락을 맞으신 거 같은데?'

"······!"

단 한마디.

길모는 한마디로 기선을 제압했다. 물론, 아직 상을 보기도 전이었다.

"허어!"

허를 찔린 황기수의 입에서 신음 섞인 탄식이 새어 나왔다.

"그리고··· 그 6억에서 딱 300만 원을 쓰셨군요."

"······!"

300만 원!

그건 황기수가 윤호영에게 제공한 영면의 집이었다. 납골묘에서 가장 싸고 가장 초라하던 자리⋯⋯.

"허얼, 술 따라라. 술!"

입을 쩌억 벌린 황기수가 술잔을 내밀었다. 승아는 잔의 7할까지 술을 부었다.

"애들이 주도를 거꾸로 배웠나? 채워라. 술은 채워야 맛이지."

마땅치 않다는 듯 목소리를 높이는 황기수.

"이거 정말 환장하겠군. 그게 내 관상에 써 있단 말인가?"

"예!"

"그럼 6억이 들어온 날도 맞출 수 있나?"

길모는 부드러운 미소와 함께 황기수의 궁금증을 정확하게

채워주었다. 보험회사까지 들렀던 길모에게는 그리 어려운 일
도 아니었다.

"어이쿠, 역시 황 실장님은 돈복이 있으시군요."

듣고 있던 박길제가 빙그레 웃었다.

"돈복이라뇨? 이 황기수가 그까짓 6억으로 만족할 것 같습니
까? 두 배로 불리고 세 배로 키웠지요."

"지금 하시는 사업도 짭짤하다면서요?"

"돈 걱정은 안 하지만 폼이 안 나지요. 그러니 고집 그만 부리
시고 저랑 동업하십시다."

"말씀드렸다시피 저야 주식판 뜬 지 오래고 지금은 여가 생
활에 불과하지요. 하지만 여기 홍 부장이 실장님 관상에 주식
상이 들었다고 하면 도와는 드리겠습니다."

"들었나? 홍 부장!"

황기수가 파뜩 길모에게 고개를 돌렸다.

그 한마디로 길모는 가닥을 잡았다. 주식 강호를 주름잡던 증
권 투자의 귀재 박길제. 그러나 길모에게 된통 당한 후로 개미
농락을 그만두고 유유자적 취미 삼아 투자를 즐기는 그에게 황
기수가 손을 내민 모양이었다.

전주!

돈은 내가 댄다. 너는 종목만 발굴해라.

이런 합작은 많았다. 이 또한 길모에게는 행운이었다. 황기수
가 갈 길에 빨간 불을 켜느냐 파란 불을 켜느냐의 결정권을 부

여받은 것이다.

주식!

어떤 관상을 가진 사람이 잘할까? 순전히 관상학적으로만 본다면 몇 가지 타입이 있다.

움푹 들어간 눈의 상.

이마 아래쪽이 발달한 상.

눈동자에서 검은자위가 작은 상.

이마 끝에 살이 붙은 상.

다른 것도 있지만 이 네 가지 중에 하나를 가진 상이라면 증권 투자에 유리하다. 눈이 깊게 들어간 사람은 생각이 깊다. 이마 아래가 발달하면 판단력이 냉철하다. 나아가 검은자위가 작은 사람은 예측력이 뛰어나며 선골, 즉 이마 끝이 도톰하면 영감이 남다르기 때문이었다.

박길제의 상이 이런 유형에 속했다. 그래서 그는 투자에 강하다. 거기다 주식 공부까지 겸했으니 단순히 감이나 기분으로 투자하는 사람과는 질적으로 달랐다.

이런 상을 가진 경우라도 운이 하락세일 때는 재미를 볼 수 없다. 특히 이마 가운데서 검은 선이 내려오면 쉬는 게 좋다. 매사 좌절할 상이다. 또한 미간이 어둡고 붉은 기운이 비칠 때도 마찬가지다. 이 또한 사고를 예고하는 암시기 때문이다.

이 외에도 코가 전반적으로 붉어질 때, 눈의 흰 눈자위에 붉은 선이 엿보일 때, 금갑, 즉 양쪽 콧날에 반점이 생길 때 등도 마찬가지다.

"개세지재(蓋世之才)니 즉시현금(卽時現今)에 갱무시절(更無 時節)이라!"

길모가 운을 떼자 황기수의 미간이 일그러졌다. 하나도 알아 듣지 못한 표정이었다. 옷만 반듯하지 머리에 든 건 없어보였 다.

"무, 무슨 뜻인가?"

"큰 인물이 났으니 바로 지금이지 다시 기회는 없다, 그런 뜻 입니다."

"내, 내 관상이 그렇단 말인가?"

"예! 당장 내일 주식을 시작하시면 짭짤하게 벌 것 같습니다 만⋯⋯."

"박 선생, 들었소? 내일 당장 시작합시다!"

황기수는 촐랑촐랑 목청을 높였다.

"정말인가요?"

박길제가 길모를 바라보았다.

"그렇습니다. 다만 평소보다 통을 크게 가져야 일이 술술 풀 릴 것 같습니다."

길모가 단칼에 대답했다.

"어이쿠, 이거 그냥 있을 수 없지. 여기 술 한 병 더 가지고 오 게."

우쭐한 황기수가 새 오더를 날렸다.

"다만 호사다마라고 한두 번 시험에 들 겁니다. 올랐다 내렸다… 주변에도 간이 쫄깃해지는 작은 사고가 두 번 정도 생길 것 같군요."

길모는 그 말을 남기고 일어섰다.

[진짜예요?]

복도로 나오자 장호가 물었다. 그 역시 방금 재떨이를 비우는 척 들어왔다가 길모의 말을 들었기 때문이었다.

"뭐가?"

[저 인간 관상 말이에요. 악질 놈이 무슨 관상이 그렇게 좋대요?]

"원래 악질 중에 길상이 많은 법이다."

[으악, 무슨 그런 게 다 있어요?]

"불만스럽냐?"

[당연하죠. 척 봐도 짠돌이에 느끼 대마왕인데…….]

"장호도 이제 반 관상가 다 됐구나."

길모는 웃으며 로얄살루트 38년산을 꺼내 들었다.

[아, 진짜 세상 엿 같네. 이러니 착하게 살맛이 나나.]

"애들은?"

[2번 룸에서 달리고 있어요.]

"술 모자라면 더 가져다 줘라."

[지금 술이 문제예요? 저런 왕재수들이 큰 인물이라는 판에.]

"장호야!"

길모, 1번 룸 앞에 멈춰 장호를 돌아보았다.

[들어와서 양주 따라고요? 그냥 형이 따요.]

기분이 상한 장호가 짜증스레 수화를 그려댔다.

"양주 개봉하는 건 우리 의무이자 즐거운 서비스야."

[사람 나름이죠.]

"나, 아직 이 인간 관상 안 봤다."

[예?]

툴툴거리던 장호가 고개를 들었다.

"할계언용우도(割鷄焉用牛刀)잖냐?"

[할계언용우도면… 닭 잡는 데 어찌 소 잡는 칼을 쓰냐? 그럼?]

"그래. 관상을 볼 가치도 없는 인간이다. 너도 알지?

[형!]

"그래도 안 딸래?"

[아, 아니에요. 딸게요. 따요!]

장호는 길모 손에 들린 로얄살루트를 얼른 받아 들었다.

*   *   *

기분이 좋아진 황기수는 혼자 열심히 달렸다. 그러나 양주였다. 더욱이 술이 약해지는 장년에 시간은 신새벽. 천하장사의

간이라도 지칠 시간이 된 것이다.

허튼 칭찬 한마디에 고무된 그는 온갖 잡설에 무용담을 쏟아 놓았다. 그가 공식적으로 말한 직업은 인력송출업. 하지만 듣다 보니 노래방에 아가씨를 대는 보도방이었다. 그제야 통화 중에 나온 말이 이해되는 길모. 좋게 보면 수완이 있었다. 자신을 수려하게 포장하는 수완…….

"어이, 우리 친하게 지내자고."

술자리의 끝이 보이자 황기수는 아예 길모의 어깨를 토닥거렸다. 그의 허세는 거기까지였다. 분위기상 그가 계산을 치러야 하는 자리. 생각보다 술값이 과하다고 느낀 모양이었다.

"얼마라고?"

그는 두 번을 거푸 물었다. 길모가 또박또박 대답하자 미간을 구기더니 카드를 내밀었다.

"젠장, 여기 여자들은 빤쓰에 금테 둘렀나? 뭐 이렇게 비싸? 이 돈이면 노래방에서 아가씨 열은 끼고 놀겠네."

수준 한 번 겁나게 저렴했다. 2~3만 원 하는 노래방 아가씨와 텐프로를 비교하다니. 더구나 작금의 노래방은 죄다 40대 아줌마 천국이 아닌가?

'오직 이익이 되는 일에만 지갑을 풀 사람.'

관상을 안 봐도 알 것 같았다.

"황 실장님! 가시는 길 주의하세요. 사고 날 수 있다고 말씀드렸죠?"

길모는 그 말과 함께 뒷문을 닫아주었다. 그런 다음 장호에게 눈짓을 보냈다. 신호를 받은 장호가 슬쩍 뒤쪽으로 사라졌다.

"홍 부장!"

황기수가 탄 차가 멀어지자 박길제가 담배를 물었다.

"예!"

"정말인가?"

"예!"

"내가 뭘 묻는지 알고 있어?"

"당연하죠. 저분이 정말 크게 될 사람인가 묻는 거 아닙니까?"

"허어, 정말이군."

"아뇨. 거짓말입니다."

"응?"

불을 붙이던 박길제가 길모를 돌아보았다.

"죄송하지만 저분의 관상을 보지 않았습니다."

"안 봤다고?"

"예!"

"그런데 어떻게?"

"오늘은 좀 피곤해서요. 그냥 감으로만……."

"미치겠군. 감으로 6억 수입에 300 지출을 맞췄다고?"

"예!"

"내일 당장 시작하면 돈도 벌고 시소도 탄다고?"

"예!"

"작은 사고도 나고?"

"예!"

"허어!"

"그래도 틀린 건 없을 겁니다."

"이거 내가 취했나? 어째 머릿속이 정리가 안 되네."

박길제가 머리를 갸웃거릴 때였다. 그의 전화기가 급하게 울렸다.

"응? 이 양반이 한잔 더 하려고 그러시나?"

박길제는 발신자를 확인한 후에 전화기를 귀 쪽으로 가져갔다.

"……?"

"왜 그러시죠?"

"황 실장인데 웬 폭주족을 피하다가 화단을 박았다는군. 별로 다치지는 않았다꼬 나도 조심해서 들어가라고……."

"제가 말씀드리지 않았습니까? 어쨌든 제 말이 적중할 거라고."

"그럼 내일 거래도 트기만 하면 그 양반이 거금을 딴단 말인가?"

"따고 잃게 하는 건 박 선생님 몫입니다."

네 몫!

길모는 은은한 미소를 문 채 박길제를 바라보았다. 그 시선에 압도된 박길제는 입에 문 담배를 떨어뜨렸다. 새벽하늘은 그새 한쪽이 희미하게 벗겨지고 있었다.

다음 날, 한잠 붙이고 일어난 길모는 장호를 깨웠다. 그런 다음 오토바이를 타고 달렸다. 호영이 살던 집을 찾아가는 길이었다.

[여기예요?]

브레이크를 잡은 장호가 물었다.

"그래. 여기서 좀 기다려라."

길모는 오토바이에서 내렸다. 캐딜락을 타고 오지 않은 이유가 있었다. 처음에 여기 올 때 길모는 진상처리 웨이터였다. 노인들은 그 모습을 기억하고 있을 것이다. 그렇다면 캐딜락을 탄 모습은 어울리지 않을 것 같았다. 시간이 그렇게 많이 흐른 게 아니었다.

딩동!

계단을 밟고 올라가 주인 영감 집의 벨을 눌렀다. 안에서는 아무 대답도 들리지 않았다.

"아무도 안 계세요!"

하는 수 없이 문을 두드렸다. 그래도 기척은 나지 않았다.

'나가셨나?'

별수 없이 올라간 계단을 밟고 내려왔다. 그러다 호영의 지하실에 눈이 닿았다.

'누가 이사를 왔을 텐데…….'

노인들은 한 푼이 궁하다. 그러니 빈 방을 놀릴 리 없었다. 그
걸 알면서도 길모는 무엇에 이끌리는 듯 지하실로 내려갔다.

호영이 살던 문 앞에 서니 괜히 안이 궁금했다. 그때였다. 주
저하는 길모 앞에서 지하 방의 문이 덜컥 열렸다.

"으악!"

비명을 지른 사람은 집주인이었다.

"안녕하세요?"

"자, 자네……."

"저 기억하시죠?"

"다, 다가오지 말게."

주인은 손사래를 치며 길모를 막았다.

"저 모르세요?"

"알지. 그런데 자네가 둘이잖아?"

"예?"

"그러니까 내 말은… 여기 살다 죽은 귀신인지 아니면 나중
에 찾아온 동생인지 그걸 밝히라는 거야."

"아!"

말귀를 알아들은 길모가 머쓱하게 웃었다. 낮이라지만 빛이
잘 들지 않는 지하실. 느닷없이 나타난 길모였으니 그렇게 물을
만도 했다.

"저는 동생입니다. 나중에 와서 유품 정리한……."

"그럼 이리 들어와 보시게."

주인은 안에서 손짓을 했다. 길모는 집 안으로 걸음을 옮겼다. 집은 비어 있었다. 벽지를 보니 그때와 달랐지만 텅 빈 것만은 확실했다.

"진짜 귀신 아니지?"

주인이 다시 물었다.

"그럼요. 귀신이 대낮에 돌아다니는 거 봤어요?"

"뭐 요즘이야 워낙 제멋대로인 세상이니 그럴 수도 있지. 아무튼 귀신이 아니라니 다행이군."

"잘 계셨지요?"

"그런데 웬일이야? 형 유품은 다 정리했는데……."

"그냥 지나던 길에 인사차 들렀습니다."

"흐음, 비록 죽었지만 형 살던 집이 그리웠던 모양이군?"

"뭐, 그렇기도 하고요."

"그런데 이걸 어째. 이 집은 진짜 귀신 붙은 거 같으니 말이야."

"예?"

"농담 아니야. 자네 형이 죽은 이후로 오는 사람마다 사고난다니까."

"……?"

"그동안 세입자가 두 번 바뀌었는데… 처음에는 사기꾼이 오는 바람에 보증금 문제로 식겁을 했고 두 번째는 글쎄 교통사고로 죽었지 뭐야."

"그래요?"

"어휴, 이제 셋방도 마음대로 못 놓는다니까."

"우연이었겠지요."

"아, 그러고 보니 마침 잘 왔네. 자네 형제들이 관상 볼 줄 알잖아?"

"예……."

"지금 새로 들어올 세입자가 온다고 했는데 관상 좀 봐줘. 이번에는 쓸 만한 사람인지 말이야."

"그럴까요?"

"아이고, 다행이네. 관상이라도 보고 들이면 좀 낫겠지."

"그럼 저도 부탁이 하나 있는데요."

"부탁?"

길모는 화면에 황기수 사진을 띄웠다.

"이분 얼굴 좀 봐주세요."

"누구야? 어디서 본 것도 같고……."

"혹시 전에 우리 형 죽었을 때 여기 방 정리해 간 분 맞나요?"

"아, 그러고 보니 생각난다. 이 인간 맞아!"

주인은 손뼉과 함께 소리쳤다.

"확실하죠?"

"맞아. 이 왕싸가지를 내가 왜 모르겠어?"

'역시 그랬군.'

길모는 고개를 끄덕였다. 인증 끝. 황기수는 호영의 목숨값을 가로채 간 인간이 틀림없었다.

"그런데 왜? 이 인간하고 무슨 문제 생겼어?"

"아닙니다. 얼굴도 잘 모르는 사람이지만 친척이라기에 알아 나 두려고요."

"아이고, 이 마음 씀씀이 좀 보게. 아주 비단결 같은 게 자기 형하고 판박이라니까."

"세입자는 언제 오죠? 제가 시간이 그렇게 많지 않아서요."

"알았어. 잠깐만 기다려 봐요!"

조바심이 난 주인이 전화를 꺼내 들었다.

"......!"

잠시 후에 등장한 세입자를 본 길모는 미간을 찡그렸다.

50대 초반의 남자.

이마의 갈매기 주름이 중간에서 아래로 꺾인 상 때문이었다. 눈썹 주변에 살이 없고 미간까지 좁다. 얼굴 전체를 짚어 보니 역삼각형이다. 아무리 봐도 대인관계가 익숙지 못해 고독할 상 이다.

전체적인 상은 올빼미 상.

그러나 둥근 맛이 없고 모가 나있어 악상에 속했다. 찬찬히 눈으로 옮겨가는 길모. 남자의 상은 누가 뭐래도 눈이 첫째 아 닌가?

'눈 안쪽에 붉은 기세가 일어나 눈 끝으로 뻗쳤다. 필시 수년

이상 타지를 떠돌아다니며 온갖 고생을 다 했다는 뜻…….'

그러나 거기가 끝은 아니었다.

"……!"

길모는 가쁜 숨을 몰아쉬었다. 형옥의 상이었다. 형옥의 기색이 다 사라지기도 전에 또다시 다가오는 형옥의 상. 그걸 세분화해서 짚어가던 길모는 결국 탄식을 내지르고 말았다.

'아뿔싸!'

움찔거리는 길모를 본 노인이 돌아보았다. 길모는 험험 헛기침을 하며 수돗가에서 손을 씻었다.

"보셨나?"

남자가 중개업자와 나가자 노인이 다가왔다. 길모는 고개를 저었다.

"나빠?"

"예!"

"그래?"

"저 사람 들이면 두 달 안에 또 세입자 찾으셔야 할 겁니다."

"어이쿠, 그럼 안 되지. 내가 냉큼 가서 복덕방쟁이한테 핑계를 대고 오겠네."

주인은 길모를 남겨두고 지하실을 나갔다.

[형!]

혼자 기다리기 심심했던지 장호가 계단을 내려왔다.

"차에 있지……."

[그냥 궁금해서요.]

"……."

[여기가 그분이 살던 곳인가요?]

"그래."

[아, 전에 우리랑 도찐개찐이네. 그래도 우리는 공기 좋은 옥탑에라도 살았지.]

몇 마디 나누는 사이에 주인이 허둥지둥 계단을 내려왔다.

"이, 이보시게."

"왜요? 무슨 일 생겼습니까?"

길모가 돌아보았다.

"누구?"

주인은 낯선 장호를 바라보았다.

"아, 예… 저랑 일하는 동생입니다."

"그래? 그건 그렇고……."

주인은 버벅거리며 뒷말을 이어갔다.

"자네 말이 딱 맞았네. 조금 전에 여기 왔다간 그 인간, 성폭행 전과자래."

"예?"

"복덕방쟁이랑 같이 가다가 돌에 걸려 넘어졌는데 다리에 전자발찌가 있더라고! 정말 자네 아니었으면 큰일 날 뻔했지 뭐야. 아, 이웃에서 알아봐. 다들 난리법석을 부릴 거라고."

"그랬군요."

"그래서 말인데… 복덕방쟁이 말이 또 다른 세입자가 곧 온다는군. 미안하지만 한 번만 더 수고하고 가주면 안 되겠나?"

주인의 부탁은 애걸에 가까웠다.

다행히 다음 사람은 오래지 않아 계단을 내려왔다. 이번에도 50대의 남자였다. 하지만 첫인상은 아까보다 더 좋지 않았다.

비호감의 쥐상. 게다가 이마의 보골에 죽은 청색이 감돌았다. 그게 코와 입까지 내려왔으니 척 봐도 우환이 깊어 보였다. 주인은 한숨부터 쉬었다. 기대감이 사라진 모양이었다.

하지만 길모의 답은 달랐다.

"계약하셔도 됩니다."

"엥? 진짜?"

놀란 주인이 되물었다.

"네. 큰 문제없으니 계약하세요."

"저 사람은 내가 봐도 별로인데? 얼굴이 완전히 비호감에다 죽상이잖아?"

"그렇기는 합니다. 저분은 쥐상이지요. 눈과 귀 사이가 부실하니 되는 일이 없을 사람입니다. 목까지 가늘어 일찌감치 부모 하나를 여의었을 것이고 밑바닥에서 풀칠이나 겨우 하며 살았겠지요. 기색도 지지리 궁상맞게 어둡습니다. 하지만 그건 저분이 근래에 남은 부모를 잃은 슬픔 때문에 그런 것입니다. 다행히 제 밥벌이는 할 상이니 월세 걱정은 안 하셔도 될 것 같습니다."

"그, 그래?"

"못 믿겠으면 슬쩍 확인하시고 계약하시죠."

"알, 알았네. 그렇게 하도록 하지."

"그럼 저는 이만……."

"아이고, 이거 미안하고 고마워서 어쩌나?"

주인이 따라 나오며 말했다.

"다른 어르신들은 잘 계시죠? 안부나 좀 전해주세요."

"어이쿠, 저 인간들 양반은 못 된다니까. 저기 오고 있네."

주인이 가리킨 곳을 보니 권 영감과 최 영감이 보였다. 둘은 길모를 보더니 반색을 하며 달려왔다. 간단한 인사를 나누는 사이에 부동산중개업소에 다녀온 주인이 헐레벌떡 달려왔다.

"아이고, 용하다, 용하다! 이럴 수가 있나?"

주인은 숨을 헐떡이며 말했다.

"뭐가?"

권 영감이 물었다.

"글쎄, 방금 전에 방 구하는 사람이 왔었는데 이 친구가 족집게처럼 맞췄지 뭔가? 가서 물어보니까 진짜 한 달 전에 치매 앓던 어머니가 돌아가셨지 뭐야? 인상이 안 좋아서 찜찜했는데 부모님께 효도 못 한 게 서러워서 그렇다니 계약하기로 했네."

주인이 환하게 웃었다. 길모도 웃었다. 오랜만에 보는 사람들은 반가웠다. 호영이 어려울 때 함께한 사람들이라 더욱 그랬다.

부릉!

오토바이가 시동을 걸 때 길모는 핸드폰 화면의 황기수를 바라보았다.

'확인은 끝났고⋯⋯.'

이제 남은 건 심판뿐이었다.

제5장

아이돌 소녀 엄마

디로롱당당!

막 오피스텔 문 앞에 도착했을 때였다. 길모의 전화가 울렸다. 예약 전화였다. 모처의 기관장 모임인데 룸을 비워달라는 고압적인 요청이었다.

"죄송하지만 한 달 안에는 빈자리가 없습니다."

길모는 공손히 대답했다.

—이봐!

그러자 저쪽에서 목소리를 깔고 나왔다.

—우리가 보통 기관인 줄 알아? 그냥 자리 하나 만들어.

"곤란합니다."

—아니, 당신 세상 물정 몰라? 우리 기관장님이 가주는 것만 해도 당신은 영광이라고.

"그건 알지만 다른 분들에게 피해를 끼칠 수는 없습니다."

—그래서? 죽어도 안 된다?

"간혹 예약 취소가 들어올 때가 있습니다. 그때도 대기순번에 따라야 하지만 참작해 보겠습니다."

—알았으니까 확실하게 만들어. 오케이?

전화가 끊겼다. 요즘 들어 이런 전화가 많았다.

'내가 누군 줄 알아?'

모른다.

본 적도 없다.

신이 아닌 이상 어떻게 보지도 않은 안단 말인가?

물론 뭘 뜻하는 말인지는 알고 있다. 권력을 가진 자, 재력을 가진 자, 인기를 가진 자… 다들 누리고 싶어 한다. 대우받고 싶어 한다. 세상의 모든 흐름에 주인공으로 서고 싶은 사람들. 근자에 카날리아가 회자되니 그 대열에 끼고 싶은 것이다.

그들은 간절하지 않다. 기껏해야,

'가보니 별거 아니던데, 뭐.'

라는 말이 나올 확률이 높았다.

그때였다. 길 건너 도로변에서 귀를 찢는 음악이 흘러나오기 시작했다.

[형, 가게 오픈하나 봐요.]

장호가 수화를 그렸다. 키가 훌쩍 큰 광대가 나와 손을 흔들고 있었다. 이벤트 걸 두 명도 속옷이 보일 듯 말 듯한 복장으로 율동을 선보인다. 지나가는 사람들이 관심을 보이기 시작했다.

[으아, 죽인다!]

장호가 잠시 넋을 놓는다.

[아이돌보다 나은데요?]

무심코 돌아서던 길모. 장호의 두 번째 말에 걸음을 멈추었다.

'뭐지? 이 찜찜함?'

뭔가 중요한 걸 놓고 나온 듯한 기분이 온몸을 스쳐 갔다. 다시 이벤트 걸들을 돌아보던 길모는 그제야 그 찜찜함의 정체를 알았다.

'아뿔싸, 걸그룹…….'

약속을 깜빡하고 있었다. 길모는 황급히 명함을 꺼내 전화를 걸었다.

"여보세요!"

─아이고, 홍 부장님!

수화기에서 반색하는 목소리가 흘러나왔다.

─이제 일어나셨습니까? 아까부터 전화 드리고 싶었는데 잠을 깨울까 봐…….

기획사 사장은 폭풍처럼 뒷말을 이어갔다.

─차 보내드릴까요? 저희는 아까부터 대기 중입니다.

"아닙니다. 지금 바로 가겠습니다."

[어디서 오래요?]

장호가 다가와 물었다.

"그래. 약속이 있었는데 깜박하고 있었다."

[어딘데요?]

"시동 걸어라. 저 길 건너 애들보다는 몇 배는 뻑 갈 애들 만나러갈 거니까."

[에이, 그럼 아이돌이나 걸그룹이라는 얘긴데…….]

"맞아. 따끈한 신곡 들고 가요계 접수하실 5인조 신인 걸그룹 가온걸 보러간다."

[에? 진짜요?]

"시간 없어. 아니면 나 혼자 간다."

[아, 아닙니다. 바로 출발합니다요.]

장호는 번개처럼 오토바이에 뛰어올랐다.

가는 길에 홍연을 호출했다. 그녀는 벌써 골프연습장에 있었다. 골프가 끝나면 피트니스를 한다. 미용실로 이동하는 길에는 원어민에게 영어 과외까지 받는단다. 그녀 역시 혜수 못지않은 독종이었다.

─진짜요?

이야기를 들은 홍연이 놀라 소리쳤다.

"그래. 구경이나 하자."

길모는 간단하게 답했다.

송송 엔터테인먼트!

멋진 디자인의 건물이 시선을 쪽 잡아끌었다. 문 사장은 여직원과 함께 현관 앞에 나와 있었다. 길모의 오토바이가 멈추자 기다렸다는 듯이 다가왔다.

"오토바이 타고 오신 겁니까?"

문 사장이 물었다.

"예. 이게 빠르거든요."

"이야, 진짜 독특하시군요. 오토바이라······."

"늦어서 죄송합니다."

"아, 아닙니다. 와주신 것만 해도 영광이지요. 들어가시죠."

"잠깐만요."

길모가 돌아보았다. 홍연을 기다리는 것이다. 다행히 그녀는 그다지 늦지 않았다. 신호가 바뀌면서 넘어온 택시에 타고 있었다.

"저희 직원인데 연예인이 꿈이라서요. 죄송하지만 기획사 구경이나 시킬까 싶어 불렀습니다."

길모가 문 사장의 양해를 구했다.

"아이고, 저는 현역 배우인 줄 알았습니다. 라인이 아주 예술이시네."

"고맙습니다."

사장의 환영을 받은 홍연이 꾸벅 묵례로 답했다.

길모와 홍연, 장호는 문 사장의 안내를 받으며 기획사로 들어섰다.

"지영 씨, 여기 두 분은 연습실하고 녹음실 같은 데 좀 구경시켜드려요. 원하는 데 있으면 다른 데도 전부!"

문 사장이 여직원에게 특명을 내렸다.

"여깁니다."

투명한 유리문 앞에서 문 사장이 멈췄다. 안으로 들어서자 시원한 응접실이 눈에 들어왔다. 마치 할리우드의 초특급 영화사 회의실에 들어선 듯 실내 장식이 좋은 곳이었다.

"애들 부를까요?"

"바로요?"

"사실 저는 조바심이 나서 죽겠거든요. 우리 관상왕님 입에서 어떤 말이 나올지……."

문 사장은 손을 비벼댔다.

"너무 기대하지는 마십시오. 저는 그냥 가벼운 마음으로……."

"압니다만 어쩝니까? 제 마음이 그렇게 흘러가는데."

"그럼 부르시죠."

자리를 잡은 길모가 고개를 끄덕였다.

"야, 길 부장. 애들 들여보내라."

문 사장이 앞에 놓인 수화기를 들었다. 그러자 1분도 되지 않아 다섯 명의 미녀가 들어섰다. 눈앞이 환해졌다. 무지개도 떴다.

"……!"

길모, 꿈을 꾸는 줄 알았다. 눈에 뭐가 쓰인 줄 알았다. 다섯 명의 미녀. 신곡을 즈음해 폭발적 홍보를 한 탓에 한참 주목을 받고 있는 가온걸이다. 그중 한 명만 고등학생. 그러니까 그 한 명을 제외하면, 엄밀히 말해 소녀가 아니었다.

그런데!

이게 웬일인가? 아무리 눈을 씻고 봐도 다섯 모두 소녀였다. 그것도 막 샤워를 마치고 나온 싱싱한 모습 같은…….

"인사들 드려라. 대한민국 최고의 관상대가이시다!"

문 사장이 가온걸을 닦아세웠다.

"안녕하세요!"

다섯 여자들은 마치 한 사람처럼 대답했다. 얼굴에는 화장기 하나 없다. 그런데도 남자의 마음을 진도 9 이상의 지진처럼 흔든다. 아니, 흔들다 못해 난도질을 하고도 남을 정도로 매혹적이었다.

"아, 안녕하세요?"

길모, 목에 걸린 숨을 내쉬느라 한 박자 놓친 후에 대답을 했다.

"신곡도 장전해 볼까요?"

문 사장이 물었다.

"아닙니다. 그럴 필요까지야…….""

"에이, 기왕 오셨으니 들어보세요. 그래야 관상이 제대로 나

오지 않겠어요?'

문 사장은 자기 멋대로 큐 사인을 냈다. 가온걸들은 바로 댄스 자세를 취했다. 다섯 여자들은 길모의 혼을 한 번 더 빼놓았다. 홍연의 율동이 기가 막히지만 그보다 나았다. 더구나 다섯 명이 앙상블을 이루니 흡입력이 장난이 아니었다.

다섯 미녀들.

박자에 따라 가슴을 내미는가 하면 엉덩이에 추임새를 넣었다. 심지어는 매끈한 허벅지까지 털어댄다. 자칫하면 고문까지 이를 지경이었다. 연습을 얼마나 했는지 보지 않아도 알 것 같았다.

'홍연……'

길모는 그녀들 사이에 홍연을 끼워보았다. 나쁘지 않았다. 빠지지도 않았다.

"까오!"

그사이에 미녀들은 노래를 끝냈다. 노래를 마감하는 엔딩 동작도 가히 인상적이었다. 각자의 라인을 최대한 살림으로써 섹시어필을 오래오래 남기는 것이다.

'관상……'

한순간의 정적을 틈타 길모는 다섯 소녀의 얼굴을 꿰뚫었다.

패스! 패스! 패스! 패스! 패스!

올 패스였다. 얼굴에 티 한 점 없는 재기발랄한 아가씨들. 시원하다 못해 아우라까지 뿜어져 나오는 이마에 매력적인 콧날들. 생기가 통통거리는 기색에 수정이 들어찬 듯한 눈동자, 깨물어 버리고 싶은 입술들. 특별한 흠잡을 곳은 하나도 없었다.

하긴 그런 관상이 아니고서야 어찌 대한민국 최고의 연예인을 넘볼 수 있을까? 지금 길모 앞에 선 다섯 소녀들은 그냥 여자가 아니라 움직이는 기업이었다.

"어떻습니까? 관상도 좋게 나옵니까?"

문 사장이 재촉했다.

"네. 다섯 전부……."

막 대답을 하려할 때였다. 세 번째와 마지막 소녀가 서로 깔깔거리며 속삭이느라 얼굴을 마주했다. 조명 틈새에서 각도가 변하자 아까 보지 못했던 그늘이 길모 눈을 치고 들어왔다.

"……!"

길모, 그제야 조명에 눈길이 갔다. 대낮보다 밝은 실내. 그 등불이 소녀들을 더 투명하고 하얗게 비추고 있었던 것이다.

"아, 잠깐만요!"

길모가 일어섰다. 문 사장은 애간장이 탔지만 묵묵히 지켜보는 수밖에 없었다.

"여기 조명 좀 꺼주시겠습니까?"

길모가 문 앞의 직원에게 요청했다. 직원은 사장을 바라보았다.

"꺼드려!"

문 사장이 명하자 실내는 바로 소등이 되었다.

"다들 햇빛 드는 창가로 이동해 주세요."

길모가 말했다. 들뜬 마음 가라앉히고 햇빛 아래서 다시 확인할 생각이었다.

"야야, 밋밋하게 그게 뭐냐? 관상박사님 즐겁게 일동 귀요미 포즈!"

남직원이 말하자 다섯 미녀들은 제각각 섹시한 포즈를 취했다. 정말이지 하나하나 주머니에 담아버리고 싶었다.

"……!"

길모는 한순간 숨이 터억 막혀왔다. 섹시한 포즈 때문이 아니었다.

'이런 젠장!'

마음을 가다듬고 다시 관상에 집중했다. 패스, 패스, 스톱, 패스, 그리고 재점검……. 마음에 걸리는 둘이 있었다. 가운데 선수리와 마지막의 이은.

"하핫, 이거 다들 너무 미녀라 눈이 부셔서 상이 잘 안 잡히는군요. 아무래도 한 명씩 차근차근 봐야겠네요. 조용한 자리 좀 마련해 주시겠어요? 자연광이 잘 드는 곳이면 됩니다."

길모가 문 사장을 돌아보았다. 금세 끝내고 인사나 챙길 요량이었지만 뜻하지 않게 장기전이 되고 있었다.

"뭐가 안 좋습니까?"

문 사장이 걱정스레 물었다.

"그건 아니고요, 기왕 보는 김에 제대로 보려고 그럽니다. 복채나 두둑이 준비해 두십시오."

길모는 고개를 들어 관상왕의 위엄을 뿜었다. 방해하지 말라. 지금 천기를 읽고 있는 중이니. 길모의 눈은 그렇게 말하고 있었다.

즉시 방이 준비되었다.

말로는 대기실이라는데 너저분한 걸 치우니 화려한 응접실에 못지않았다.

똑똑!

노크 소리를 시작으로 길모의 관상 행보가 시작되었다.

"들어와요."

길모의 목소리와 함께 미니스커트를 입은 소녀가 들어섰다. 첫 주자의 이름은 나리. 그녀의 다리는 달빛보다 시원하고 조각상보다 매끈하게 보였다.

"학교 때 공부 잘했군요. 그런데도 아이돌 가수가 되었어요?"

나리는 아주 튼실한 이마를 가지고 있었다. 사실 다른 곳도 좋아 딱히 유심하게 볼 필요도 없었다. 그럼에도 불구하고 길모는, 5분을 정확하게 채웠다.

5분!

이유가 있었다.

"잘 봐주세요."

두 번째 주자는 핫팬츠를 입은 미주. 어찌나 생글거리는지 웃음이 옮을 것 같은 아가씨였다. 표정이 밝고 눈동자가 맑아 세상의 모든 복을 다 끌어당길 상이었다. 게다가 가슴은 또 왜 이렇게 튼실할까? 속된 마음으로는 가슴 상도 봐야 한다는 핑계를 대고 옷까지 벗기고 싶을 정도였다.

"남자친구 언제 생길 거 같아요?"

미주의 관심사는 이성인 모양이었다. 그녀는 생글거리며 길모에게서 눈을 떼지 않았다.

"흠흠!"

괜한 기침을 하며 어색함을 벗어나 보려는 길모. 여자 한두 명 대해본 것도 아니지만 이런 자리는 텐프로 아가씨를 보는 것과 또 달랐다.

'와잠미······.'

미주의 눈썹은 와잠미였다. 천창을 향해 수려하게 뻗어나간 눈썹··· 그렇다면 눈을 확인해야 했다.

"······."

길모는 잠시 호흡을 가다듬었다. 큼지막하고 광채가 아른거리는 눈 속에서 동자가 살짝 올라간 형태의 눈. 독신으로 살 가능성이 높은 상이었다.

이 상은 본시 귀한 상이다. 하지만 여자가 이런 상을 가지면 불리할 수도 있다. 자신의 귀티로 인해 남자를 누르기 때문이다.

"살짝 늦겠는데요?"

길모는 두루뭉술하게 빠져나갔다.

"에? 그럼 몇 살에요?"

미주는 집요하다. 내친 김에 정답을 보여 달라는 투였다.

"20대 후반은 넘어야겠는걸요."

"에? 그럼 아직도 8년이나?"

"……."

"도사님!"

"도사는 아닌데……."

"아무튼 다른 애들도 혹시 남친 묻거든 똑같이 대답해 주세요. 알았죠?"

"남친 만들기 경쟁인가요?"

"그냥 우리끼리 희망사항이에요. 생겨도 만나기 힘들지만……."

미주는 윙크로 길모를 옭아매고 나갔다. 그녀 역시 딱 5분이었다.

세 번째 주자는 그녀였다. 길모가 움찔하던 관상을 가진 소녀. 가온걸 중에서도 가장 어린 만 열일곱의 소녀. 길모, 그녀의 와잠을 재확인하는 순간 한숨이 먼저 나왔다.

'하느님, 부디 제 착각이기를…….'

길모는 차라리 눈을 감아버렸다.

채수리!

만 열일곱 살.

아직 볼에 젖내도 가시지 않아 풋풋한, 오랫동안 외국물을 먹은 티가 나는 여고생.

'빌어먹을!'

신음 소리가 새어 나왔다. 이게 말이 되는가? 고작 열일곱에 아기가 엿보인 것이다. 솔직히 맨 처음에는 간과했다. 지나치게 밝은 조명 때문이었다. 조명이 그녀의 얼굴에서 반들거리는 바람에 기색을 읽지 못했다. 다 좋은 아이돌 관상에 묻어갔던 것이다.

그러나 다시 보니 그건 산기(産氣)가 분명했다. 길모는 내키지 않지만 수리의 12궁을 낱낱이 훑어나갔다.

'재작년 겨울…….'

그러니까 만 열 다섯이었다. 열다섯의 초겨울에 아이를 낳았다. 사내였다.

'헐!'

맥이 탁 풀렸다. 상을 읽어내고도 믿기지 않았다. 만 열일곱. 이제 고2인 학생이 아기라니? 더구나 그녀는 예비 스타가 아닌가? 뿐만 아니라, 자녀궁을 보니 아기의 건강도 좋지 않았다.

'미치겠군.'

자녀궁까지 해부한 길모, 저절로 한숨이 나왔다. 그냥 좋지 않은 것도 아니었다. 완전 상반(相反)의 상이다. 아기가 만 3년을 채우는 순간까지 기세의 시소를 탈 상이었다. 그러니까, 수리의 운이 강하면 아이에게 좋지 않다는 뜻이었다.

"뭐가 안 좋아요?"

그녀에게도 예감이 있는 걸까? 주춤거리는 길모를 향해 질문을 던져왔다.

"아, 아니……."

당황한 건 오히려 길모였다.

"잘 좀 봐주세요. 저 작년 봄에 사주 봤는데 대운이 열린다고 했거든요."

'대운……'

길모는 시계를 보았다. 3분이 경과하고 있었다. 길모는 앞선 두 여자에게도 5분을 할애했다. 아니, 정확히 말하자면 5분은 채운 것이다. 전부 수리 때문이었다. 이 아이 때문에 시간을 균등하게 배분했다. 이 아이만 시간이 많이 걸리면 동료들의 눈총을 받을까 배려한 까닭이었다.

'어쩐다?'

짧은 시간 동안 길모는 갈등하고 갈등했다. 직설적으로 묻기도 어렵고 그렇다고 지나치기도 어려웠다.

"저는 애교살이 좋다는 말을 들었어요."

다시 수리가 말을 건네 왔다. 그녀는 여전히 해맑았다. 아기 엄마 티는 그 어디에도 엿보이지 않았다. 길모는 가만히 그녀를 쏘아보았다.

아프다.

오늘만은 모든 게 다 보이는 신묘한 눈이 싫었다. 하지만 이미 엎질러 물이다. 보지 않았으면 모르되 그냥 넘기기 어려운 상황이었다.

전택궁!

눈과 눈썹 사이를 보았다. 그녀의 전택궁에 숨은 잔주름이 보였다. 아직 어려서 또렷이 보이지 않지만 곧 드러날 주름이었다.

'전택궁에 잔주름이 많으면……'

남녀 모두 이성 스캔들을 부를 공산이 높았다. 수리의 경우에는… 다행히도 이미 과거형이었다.

"채수리?"

미소로 마음을 감춘 길모가 비로소 입을 열었다.

"네?"

"다 좋네."

"어머, 정말요?"

"응. 애교살로 불리는 와잠도 좋고 앞날도 훤하게 뚫렸어."

"감사합니다!"

수리는 허리를 접으며 기뻐했다.

"애교살이 뭔지는 알아?"

"그거 좋으면 애교가 많은 거 아닌가요? 남자에게 인기 많은……."

허얼!

"애교살은 자녀궁이라고 자식복을 가늠하는 곳이야."

"어머, 그래요?"

"수리는… 애교살에 비밀이 하나 숨어 있네?"

길모, 그녀의 미소를 향해 돌직구를 던졌다.

"비밀요?"

"응. 분명히 있는 거 같은데?"

"비밀이야 많지요. 어릴 때 아빠 지갑에서 50불짜리를 꺼낸 적도 있고 엄마가 아끼고 아끼는 명품 향수를 몰래 쓴 적도 많고. 그러니 어떤 비밀을 말씀하는 건지……."

그녀는 여전히 자녀궁이라는 말을 이해하지 못하고 있었다.

"재작년에 생긴 일……."

"재작년?"

"생각 안 나?"

"무슨 말씀인지 구체적으로 말해주셔야… 여자들은 원래 비밀이 많다니까요."

수리의 말을 들으며 길모도 고개를 들었다. 수리의 얼굴에는 별다른 변화가 없었다. 그저 볼이 좀 붉어졌다는 것 외에. 그렇게 순진한 아이였다.

그냥 넘어가고 싶었다.

진심으로.

하지만 그럴 수가 없었다. 이 일은 길모가 감춰준다고 해도 오래지 않아 터질 일이었다. 그렇게 되면 수리에게 더 아플 일이었다.

"어머니하고 친하죠?"

"네, 그런데요?"

"조용히 전화해서 물어보세요. 그럼 다 해결될 겁니다."

"선생님……."

"이렇게 전하세요. 비밀이냐? 스타냐? 비밀을 택하면 미래를 얻을 수 있고 지금 당장 스타를 택하면 모든 걸 잃는다고……."

"……."

"누가 그러더냐고 묻거든 내 신분하고 전화번호를 알려주세요. 지금 현재의 상황도……."

"……."

"됐으니까 그만 나가고 다음 사람 좀 불러줘요."

그녀는 어깨를 으쓱해 보이고 문을 나갔다.

너무 어린 탓일까?

그녀는 아직도 갈피를 못 잡고 있었다.

휴우!

아기라니.

다시 생각해도 한숨만 나왔다.

네 번째 멤버가 들어왔다. 별다른 게 없었다. 그래도 5분은 채웠다. 수리 문제로 머리가 복잡해져 시시콜콜 관상을 말해주었다. 속마음을 숨기기 위해서였다.

마지막으로 다섯 번째 멤버 이은이 들어섰다.

"안녕하세요!"

이은은 멤버 중에서도 가장 키가 컸다. 이제 갓 스물을 넘긴 몸매는 싱싱하다 못해 푸른 물이 떨어질 것 같았다. 가만히 뜯어보니 창해와 민선아를 섞어놓은 얼굴. 그러나 이은이 미달이었다. 전문적인 코디에게 관리받는 아이돌들. 그럼에도 살짝 떨어지는 느낌이라면 같은 조건으로 세워두면 큰 차이가 날 일이었다.

'민선아 앤 창해 승!'

길모는 혼자 초이스를 즐겼다. 셋이 들어와 둘이 초이스된다면 이은은 탈락이었다. 적어도 카날리아의 기준에서는 말이다.

"예쁘게 봐주세요!"

이은은 잘록한 허리에 손을 얹으며 에스라인 포즈를 취했다. 몸을 비틀 때마다 매력이 뚝뚝 떨어졌다. 라인을 잘 살린 옷도 압권이다. 자신의 장점을 110% 드러내는 의상 선택. 그런 점은 템프로 아가씨들이 배울 점이었다.

'이 기회에 우리도 전문 코디를 배치해?'

어쩌면 괜찮은 생각일 것도 같았다.

"남친 있네요?"

이번에는 길모가 바로 선공을 날렸다.

"어머! 깜짝이야!"

"왜요? 비밀인가요?"

"그게 다 보여요? 아직 멤버들도 모르고 실장님도 모르는데……."

이은은 바로 울상이 되었다.

"곤란하면 비밀로 해줄게요."

"그래주세요. 우리 실장님… 남친 생기는 거 안 좋아하거든
요."

우리끼리 희망사항이에요.

아까 들었던 말이 스쳐 갔다. 그게 그런 의미였던 모양이었
다.

"인기 관리 때문인가요?"

"그렇겠죠 뭐."

"남친 원하는 멤버도 있던데?"

"물론 다 원해요. 하지만 우리 마음하고 회사 마음은 다르거
든요."

"그럼 실제로는 멤버들끼리도 남친 생겨도 비밀로 하겠네
요?"

"그럴 거예요. 저도 그렇고……."

"그래도 같이 생활하다 보면 알 수도 있을 텐데… 어때요? 다
른 멤버들 중 남친 있는 사람 없어요?"

"우리도 연습생 기간까지 합치면 함께 생활한 지도 꽤 오래
인데 제가 알기로는 없어요."

이은이 가만히 고개를 저었다. 중요한 대목이었다. 그랬기에
길모는 이은을 마지막에 배치했다. 다른 네 여자들은 남친이 없
는 것으로 나왔기 때문이었다. 셋이 아니라 넷이었다. 그러니까

수리도 현재는 남자가 없었다.

"진짜 사장님에게 말하시면 안 되는데⋯⋯."

"걱정 말아요. 입에 지퍼 채우고 강력접착제도 바를 테니까."

"진짜죠?"

"대신 한 가지만 말해주세요. 남친 생기면 멤버 그만두게 되는 건가요?"

"그건⋯⋯."

"정확히 알아야 입을 닫든 말든 하죠."

"아무래도 팀워크를 흐리게 되니까⋯ 아무래도 결국은 그렇게 흘러갈 거예요. 우리는 이제 갓 데뷔한 신인들이잖아요. 그러니 회사 분위기상⋯⋯."

"만약 결혼을 하면요?"

"결혼요?"

이은이 놀라 눈을 동그랗게 떴다.

"뭐 아직 다들 어리지만 몇 년 지나면 누군가는 결혼할 수도 있잖아요. 아이도 낳을 수 있고⋯⋯."

"에이, 너무 멀리 가셨다. 남친도 접근 금지인데 결혼요? 게다가 아기요? 그럼 자기가 알아서 빠져야죠."

"그렇군요."

"저 관상에 나쁜 건 없어요? 혹시 있으면 성형외과 가서 확 바꿔 버리게 좀 알려주세요."

몇 마디 대화를 나눠서일까? 이은은 금세 명랑해졌다.

"다른 건 괜찮고… 오른쪽 월각 옆에 생긴 점은 빼는 게 좋겠군요."

"이거요?"

이은이 이마를 가린 머리카락을 걷어 보였다. 머리카락에 가려진 점. 하지만 길모는 보았다. 아까 율동할 때 살짝 드러났기 때문이었다.

"이거 복점 아니에요?"

"그냥 두면 결혼에 실패할지도 몰라요. 빼면 운도 더 좋아질 거 같네요."

"다른 건요?"

"이마 끝에 점이 있어서 묻는 건데 혹시 왼쪽 가슴 아래에 점이 있나요?"

"어머나!"

놀란 이은이 가슴을 가렸다.

"뺄 때 그것도 같이 빼세요. 역시 결혼을 망치는 점이거든요."

"어머어머! 완전 귀신강림이시네."

"됐어요. 나가보세요."

길모는 마지막 멤버를 방에서 내보냈다. 그 직후에 문 사장이 문을 밀고 들어섰다.

"이제 끝났습니까?"

"아, 네……."

"어떻습니까? 대박입니까?"

대답하기 전에 전화기를 보았다. 울리지 않았다. 그냥 이대로 커밍아웃을 해주어야 하나 싶을 때, 길모의 전화기가 울렸다.

"잠깐 전화 좀 받아도 될까요?"

길모가 문 사장을 바라보았다. 좀 나가달라는 요청이었다. 눈치 빠른 문 사장은 문까지 닫아주고 나갔다.

"여보세요!"

낯선 번호, 목소리의 주인공은 여자였다.

—저 채수리 엄마예요.

기다리던 전화가 왔다.

"…수리가 말한 그대로입니다."

—관상으로 유명하신 분이라고요. 저기… 좀 만나서 얘기하면 안 될까요?

"만날 필요는 없습니다. 제가 할 말은 다 전했으니까요."

—선생님은 알고 계시는군요. 그렇죠?

"……."

—그게 수리의 관상에도 나옵니까?

"네… 사내아이더군요. 이제 두 살이죠?"

—맙소사!

"……."

—부탁입니다. 모른 척 좀 넘어가 주세요. 우리 수리… 철없던 시절에 뭣도 모르고 덜컥 원치 않는 임신을 했던 거예요. 사

귀던 아이는 죽고 아기는 해외에서 현지 입양을 시켰어요. 이제 수리도 그 충격에서 벗어나 일상으로 돌아왔는데 선생님만 눈 감으면 아무도 모릅니다.

"그럴까 했는데 지금 숨기면 더 큰 횡액이 되어 돌아옵니다. 가랑비 피하고 소나기를 맞을 수는 없잖습니까?"

─선생님, 좀 만나주세요. 만나서 얘기해요.

여자의 목소리는 점점 더 간절하게 변했다.

"그 마음 이해합니다. 하지만 지금 수리의 상은 아기와 상충되는 운세입니다. 수리의 운이 올라가면 아기가 위험해질 수 있어요. 올해는 수리도 자칫 구설수에 오를 수 있는 상이고요. 다만 1년이 더 지나면 아기 운도 수리 운도 괜찮아질 것 같으니 그후에 다시 활동하세요. 1년… 수리는 아직 어리잖아요."

─저기……. 혹시 선생님 성함이 홍길모?

"맞습니다."

아! 전화기 너머에서 한숨 소리가 들려왔다.

─잠깐만, 잠깐만요. 제가 한 가지만 좀 알아볼게요.

여자는 잠시 전화에서 멀어졌다. 누군가와 다른 통화를 하는 소리가 들렸다.

─선생님!

오래지 않아 여자의 목소리가 이어졌다.

─진짜 소문대로 귀신이시네요. 입양한 쪽에 전화했더니 요즘 아이가 폐렴에 걸려서 사투 중이라고…….

"수리가 멤버에서 빠지면 곧 괜찮아질 겁니다."

─하지만 결국 소문이 나지 않을까요?

여자는 길모의 입을 걱정하는 눈치였다.

"저는 이 통화가 끝나면 모든 걸 잊을 겁니다. 그러니 걱정하지 않으셔도 돼요."

─선생님⋯⋯.

"서두르세요. 그게 좋을 겁니다."

길모는 그렇게 전화를 끊었다.

"들어가도 될까요?"

다시 문을 연 문 사장이 물었다.

"대박입니다. 멤버들 관상이 다 좋네요."

길모는 더 뜸 들이지 않았다. 시원한 대답을 들은 문 사장의 얼굴이 꽃처럼 밝아졌다.

"혹시 사장님, 후속 멤버 준비되어 있나요?"

"물론이죠. 연습생 중에서 예비로 키우는 애들이 두엇 됩니다만. 왜요?"

"현재 멤버들이 환상의 조합이긴 한데 멤버 전체의 상을 보니 이동 운이 붙었습니다. 멤버 한 사람 정도가 바뀔 운세인데 가온걸들에게는 좋은 기회입니다. 아직 본격 활동을 하지 않았으니 누구든 탈퇴할 상황이 되면 바로 바꾸십시오. 다들 실력 출중한 멤버라 아쉽겠지만 그래야 대박운을 탈 수 있습니다."

"그, 그런 일은 없을 건데⋯⋯."

"아마 생길 겁니다."

"그럼 혹시… 데리고 오신 그 아가씨가 적합한?"

문 사장, 홍연을 언급했다. 오직 재능과 성공 가능성만으로 아이돌을 양성하는 전문가. 그러니 홍연의 가능성을 인정하는 말이기도 했다.

"홍연이도 재능이 있지만 그런 의도는 아닙니다. 평소 점지하던 후보생들이 있으면 사진 좀 보여주세요."

"잠깐 기다리시죠."

문 사장은 허겁지겁 노트북을 열었다.

길모는 세 후보생 중에서 가운에 여자를 골랐다. 수리가 빠지는 자리에 잘 어울리는 관상이었다. 그걸 끝으로 길모는 출장 관상을 끝냈다. 출장비로 주어진 봉투에는 천만 원 수표가 들어 있었다.

와다당!

장호가 막 시동을 건 오토바이에 올랐을 때였다. 사장실 창문이 열리더니 문 사장이 소리를 쳤다.

"홍 부장님, 잠깐만 기다리세요!"

문 사장은 한달음에 현관까지 뛰어나왔다.

"세상에, 이럴 수가 있습니까?"

"왜요?"

길모는 시치미를 떼고 물었다.

"솔직히 홍 부장님이 관상대가라도 해도 이 정도까지는 상상도 못했습니다. 글쎄 방금 채수리 어머니께 전화가 왔는데 수리가 아직 국내 적응이 힘들어 정신과 심리 상담까지 받고 있었다고 멤버에서 빼줄 수 없냐고 하시네요."

"……"

"진짜 신묘막측입니다. 어떻게 이럴 수가 있습니까?"

"다 사장님의 복입니다."

"어휴, 내 마음 같으면 수리를 설득해야 하지만 홍 부장님 말씀도 있고 하니 멤버 교체해야겠어요. 진짜 고맙습니다."

문사장은 부하들이 보는 앞에서 길모에게 허리를 조아렸다. 그만큼 신뢰와 고마움이 담긴 인사였다.

바다당!

홍연을 먼저 보내고 오토바이도 도로에 들어섰다.

"장호야, 쌔리 밟아라!"

[진짜요?]

"그래. 가슴 좀 뻥 뚫리게……."

[왜요? 걸그룹 혼자 보니까 찔리죠? 더구나 밀실에서 멤버들을 하나하나 독대했다면서요? 옷도 입은 듯 만 듯한 애들을…….]

"오냐, 그것뿐이냐? 수영복 심사도 했다, 왜? 그것도 야리야리한 비키니로!"

[으악, 비키니! 나 좀 조수로 부르지…….]

"그만하고 땡겨라. 눈에 걸그룹이 아른거려서 바람 속에 다 놓고 가야겠다."

[알았어요!]

오토바이가 미친 듯이 치고 나가기 시작했다. 채수리… 아직 어리지만 그래도 모정은 있는 모양이었다. 그렇기에 엄마의 말에 따른 것이다. 그 마음은 복을 받을 것이다. 몇 년 후, 그녀가 더 큰 스타로 자리매김하는 모습을 길모는 의심하지 않았다.

제6장

소 잡는 칼로는 닭을 잡지 않는다

"안녕하세요?"

오랜만에 만복약국에 들렀다.

"어, 홍 사장!"

약 상자를 뜯고 있던 마 약사가 반갑게 길모를 맞이했다.

"에이, 사장은요."

"무슨 소리야? 카날리아 빌딩까지 샀다면서?"

"그것도 아세요?"

"아, 저기 중개사 양반이 심심하면 변비약 사러 오잖아? 믿기
지 않는다고 혀를 내두르더라고."

"뭐가요?"

"카날리아 빌딩 말이야. 주인 바뀔 때 다른 사람도 때늦게 욕심을 내서 다리 놨었는데 그 권사님한테 씨알도 안 먹혔대요. 그런데 어떻게 사들인 거야?"

"운 때가 맞았나 보죠."

길모가 웃었다.

"혹시 관상으로 홀린 거 아니야?"

"네?"

"홍 사장이 워낙 관상박사잖아? 그러니⋯⋯."

"에이, 아닙니다. 제가 뭐 아무거나 관상 보나요."

"음료수 줘?"

"예."

"아줌마, 우리 홍 사장 잘 마시는 음료수 주세요. 돈은 받지 말고."

"왜요? 돈은 받으셔야죠."

"아니야. 대신 나 관상이나 좀 봐줘."

"⋯⋯."

"요즘 괜히 일진이 안 좋네. 건물도 여기저기 손 볼 데가 많아지고⋯⋯."

"관상은 좋은데요, 뭐. 명궁도 훤하고 질액궁도 깨끗하고."

"진짜?"

"피곤해서 그러실 거예요. 돈 좀 적게 버시고 일찍 가서 쉬세요."

"그런가?"

길모는 마 약사가 몸을 뒤트는 걸 보며 약국을 나왔다.

[그런 건 이제 나 시키면 안 돼요?]

장호가 오토바이에서 내리며 물었다.

"개구리 올챙이 적 잊어버릴까 봐 그런다."

[좀 잊어버리면 어때요? 형은 이제 어엿한 사장인데……]

"장호야, 너 잊어버렸냐?"

[뭐요?]

"이건 그저 시작이야. 내가 너하고 사단 애들 독립시켜 준다고 했잖냐?"

[그거 진짜 지킬 거예요?]

"자식. 그럼 내가 비싼 밥 먹고 공수표나 펑펑 날려댈 줄 알았냐?"

[으악, 형이 최고!]

"그만하고 문이나 열어라. 간만에 청소 좀 해보자."

[알겠습니다.]

막 계단을 내려설 때였다. 길모 전화기가 요란하게 울렸다. 발신자는 박길제였다.

"박 선생님!"

―잠 깨운 거 아니죠?

박길제가 물었다. 그는 어느새 매너맨으로 바뀌어 있었다. 착하게도 길모의 일상까지 고려하고 있지 않은가?

"그럼요. 이 시간이면 한낮입니다."

—작업 끝냈어요.

"아, 그래요?"

—아침에 전화 왔더라고요. 그래서 내가 관리하던 종목을 하나 찍어줬어요. 오전에만 11% 정도 먹었을 거예요. 그런데 그게 오후 장에 괴소문이 돌면서 곤두박질쳐서 결국 마이너스 8%로 끝났어요. 결과적으로는 홍 부장님이 주문한 대로 된 거죠.

"고맙습니다."

—고마운 게 아니라 무섭네요.

"뭐가요?"

—그 종목은 테마가 좋고 상승 동력이 있어서 오를 종목이었어요. 그런데 오후 장에 느닷없이 괴소문이 돌면서 곤두박질치니까 홍 부장님 생각이 나는 거 있죠.

"무슨 말씀이신지……."

—그거 홍 부장님 작품 아니겠죠?

"제가요?"

—갑자기 그런 생각이 들었어요. '아, 이 양반, 뒤에서 관상으로 이 종목을 컨트롤하고 있나' 하는 생각… 그러니 어떻게 무섭지 않겠어요.

"아이고, 절대 아닙니다. 그건 박 선생님 혜안입니다."

—아무튼 조금 전에 황 실장에게 전화 왔는데 혀를 내두르더군요. 하루 동안에 홍 부장님 말한 걸 다 겪었대요. 관상 실력에

삑 간 눈치던데요.

"제가 운이 좋았군요."

—저기…….

"말씀하세요."

—그 양반 간 볼 겁니까?

"그렇게 보여요?"

—내가 홍 부장님 실력 알잖습니까? 누구 하나 간 보려고 마음먹으면 그 사람의 운명까지 개입할 수 있다는 거.

"나중에 오세요. 양주 한 병 서비스해 드릴게요."

길모는 인사를 남기고 통화를 마감했다.

파파파!

마포걸레를 든 장호는 복도를 날아다녔다. 그가 두어 번 지나가면 복도가 반짝거렸다. 그러는 사이에 복도 내려오는 하이힐 소리가 들렸다.

[혜수 누나!]

카운터 앞 쪽을 닦던 장호가 수화를 그려댔다.

"왜 이렇게 일찍 와?"

화초의 마른 가지를 부분을 잘라내던 길모가 돌아보았다.

"다들 고생인데 나만 편할 수 있어요?"

"그래도 미녀는 푹 자야……."

"잠깐 면회 좀 되요?"

혜수는 맑은 얼굴로 길모를 바라보았다.

"1번 룸을 혜수에게 맡겨달라고?"

길모와 단둘이 1번 룸에 마주 선 혜수. 그 제안을 들은 길모가 고개를 들었다.

"1층 확장 안 있잖아요. 부장님은 거기로 올라가시고……."

"자신이 있다는 건가?"

"그 반대예요. 솔직히 부장님이 옆에 없으면 관상 보기가 무서워지거든요."

"……."

"그래서 부탁드리는 거예요. 좀 키워주세요."

"계기가 필요하다는 거로군?"

"아직 멀었지만 본격적으로 도전해 보고 싶어서요."

"공부는 어디까지 했어?"

"오면서 부자 관상 쪽을 공부했어요."

"말해 봐."

길모는 테이블에 엉덩이를 걸쳤다.

"검증인가요?"

"매도 먼저 맞는 게 낫잖아?"

길모는 어깨를 으쓱해 보였다.

"부자가 되려면 우선 양 이마 가장자리인 천창이 좋아야 하죠. 나아가 콧방울도 튼실해야 하고요. 천창이 재물 창고라면 콧방울은 지갑이니까요."

"그런 사람이 누군지는 찾아봤어?"

"많이는 아니지만 몇 명은 찾아봤어요."

"GO."

"우선… 금융가의 마이더스 조지 소로스요. 이 사람 콧방울이 기가 막히더군요."

"또!"

"투자의 신으로 불리는 워런 버핏은 천창과 콧방울이 동시에 좋은 사람이에요. 빽 갈 정도던데요."

"좋아. 그럼 부자가 되는 기본상!"

"에… 너무 많이 묻는 거 아니에요?"

"독립시키려면 그만한 질문은 해야 하는 거 아닌가?"

"흐음, 그렇다면 뇌 좀 쥐어짜 봐야겠는걸요."

혜수는 생수병을 따서 물을 마셨다. 그런 다음 부자가 되는 기본상을 슬슬 읊어나갔다.

1) 둥근 맛이 나야 한다.

2) 넓고 자라 등처럼 살짝 돋아난 이마가 좋다.

3) 이마에 생기가 돌아야 한다.

4) 눈썹이 눈 위로 높게 위치하고 눈보다 길며 청아해 보여야 한다.

5) 눈동자는 까맣고 눈자위는 맑아야 한다.

6) 준두가 둥글고 양쪽 콧방울이 튼실해야 한다.

7) 인중이 반듯하고 윤곽선이 또렷하면 좋다.

8) 입이 크고 입술선이 뚜렷하면 좋다.

9) 모난 느낌에 실팍한 턱이 좋다.

10) 귀가 크고 눈썹 위 쪽에 붙으면 좋다.

"그만, 됐어!"

길모는 혜수의 말을 막아섰다. 부자가 되는 상은 많다. 하지만 그 정도면 충분해 보였다.

"나 진상 상도 공부하고 왔는데……."

"진상 상?"

길모가 웃었다. 관상에 무슨 진상 상이 있을까? 그저 나쁜 상이 있을 뿐이다. 그럼에도 불구하고 진상 상이라는 응용력을 뽐내는 혜수. 그건 관상가의 자질에 속하는 문제기도 했다. 관상은 눈으로 보지만 그걸 전달하는 건 입이니까.

"기왕 공부했으면 읊어봐."

"눈이 사시인 사람……."

혜수가 다시 달리기 시작했다.

곱슬머리.

코가 비틀어진 사람.

얼굴빛이 붉은 사람.

앉아서 무릎을 떠는 사람.

배꼽이 톡 튀어나온 사람.

겨드랑이에 암내가 나는 사람.

흰자위가 사방으로 보이는 사람.

얼굴에 개기름이 번득이는 사람.

안짱다리나 팔자걸음을 걷는 사람…….

많았다.

이보다도 더 많은 항목이 있다. 관상에서는 대개 이들 항목이
3개 이상에 속하면 흉액이 따른다고 보고 있다. 물론 처방도 있
다. 평소에 덕을 쌓으면 그 흉액을 면할 수 있는 것이다.

"좋아. 그래도 땡땡이는 안 친 모양이네."

길모는 흐뭇했다. 밤낮이 바뀐 에이스들. 개중에는 자기 관리
를 위해 영어학원이다 골프다 수영이다 하며 노력하는 노력파
가 있지만 그건 몸으로 때우는 일이다. 실제로 머리 쓰는 일을
꾸준히 하기는 어려운 법이었다.

'그런데 혜수는…….'

기특했다. 이제 그녀를 사랑하기에 눈에 콩깍지가 끼어서가
아니었다. 자기 할 일은 똑 부러지게 하는 여자. 어찌 기특하지
않을 것인가?

"이론은 그만하면 됐고, 실전 테스트!"

"실전 테스트요?"

길모가 제안을 던지자 혜수는 살짝 긴장하기 시작했다.

"아가씨들 중에서 최고 흉상과 최고 길상을 둘씩 가려와. 맞으면 1번 룸 맡겨줄게."

"정말이죠?"

혜수는 반색을 했다. 놀라지도 않았다. 부담을 가질 만도 하건만 그런 기색도 없었다. 길모는 혜수의 넘치는 의욕에 혀를 내두르고 말았다.

*   *   *

길모는 영업에 앞서 부장들을 만났다. 그들에게 1층 일부를 확장하겠다는 뜻을 전했다. 지하 복도 끝에 엘리베이터를 달아 올라가면 될 문제였다. 계단도 가능하지만 손님들의 품격을 지켜주는 방법이 필요했다. 비싼 돈 내고 술 마시러 온 사람들을 걷게 하는 건 옳은 일이 아니었다.

그런데!

회의를 끝내고 나가는 이 부장의 안색이 눈에 걸렸다.

"이 부장님!"

길모는 이 부장을 불러 세웠다.

"응?"

"어디 아프세요?"

"아, 아니… 나도 나이 먹었나? 요즘 피로가 금방 오네."

"카운터에 음료수 있어요. 드시고 힘내세요."

"오케이, 땡큐!"

이 부장은 손을 들어 보이며 복도로 나갔다.

'흉살……'

길모는 그새 이 부장의 관상을 읽었다. 명궁에 안개가 서렸다. 재산궁에도 붉은 기운이 내려오고 있었다. 돈 문제가 생긴 모양이었다.

'엊그제 1억을 줬는데……'

깊게 생각하지는 않았다. 다시 전화가 봇물 터지듯 밀려들었고 예약 손님들도 줄을 이었기 때문이었다.

[형, 윤표 왔어요.]

김대욱이 특제 과일과 식재료를 가져온 직후였다. 장호가 계단을 내려오며 수화를 그렸다.

"왔냐?"

길모는 한달음에 밖으로 나왔다. 윤표에게 시킨 일이 있기 때문이었다.

"견적 나왔어요."

"어떻더냐?"

"그 인간, 말종이던데요?"

'말종?'

그 인간은 황기수를 말한다. 길모가 상황 파악도 할 겸 윤표에게 뒷조사를 맡긴 것이다.

"얼마나?"

"운짱이 있는데 좀 어리바리하더라고요. 그래서 슬쩍 아프릴리아 RSV4 타는 놈 시켜서 접촉 사고를 내게 하고 으박질렀더니 슬슬 나오더라고요."

"아프릴리아? 네 친구 중에 그거 타는 애도 있냐?"

"아, 진짜 형… 사람 무시하는 거예요 뭐예요? 그거 꼴랑 1억도 안 하는데……."

"오케이, 계속해 봐라."

"그 인간이 원래 대구 인근의 작은 군에서 동네 아줌마들 데리고 유흥업소 상대로 하는 소모품 만들다가 망하기 직전이었는데 어디서 목돈이 생기면서 자리 잡았대요. 그때 상황이 어려워 임금 체불을 했는데 그게 습관이 되어서 외국인 며느리들이나 노인들 데려다 일시키고 돈 안 주고……."

"헐~!"

역시 저렴한 인간.

"그것뿐이면 괜찮은데 보도방 쪽으로 눈을 돌리면서 그 젊은 외국인 새댁들 꼬셔서 대구로 나가 돈 좀 모았다네요. 물론 새댁들 보도비는 꿍쳐 먹고……."

"허어얼!"

그제야 의문 하나가 풀렸다. 황기수가 간혹 언급하던 노래방 아가씨들. 그게 직업이기 때문에 자신도 모르게 튀어나온 말이었다.

"그러다 그쪽으로 이골이 나서 아예 서울로 진출했대요. 주로 국제결혼하고 집 나온 젊은 이주 여성이나 관광입국객들 데리고 하는데 애들이 아직 한국인으로 귀화를 못 했거나 여권이 만료된 약점을 잡아서 보도비 후리면서 돈을 챙기고 있는 거 같아요."

목돈!

그건 아마도 윤호영의 보상금인 것으로 보였다. 어이상실에 혈압이 치밀었다. 어찌 그 고귀한 돈이 남의 피를 빠는 도구로 이용되고 있단 말인가?

"그렇게 해서 돈 좀 만진 모양이에요. 지금은 그 밑에 실장 몇 명 두고 변두리 노래방 장악해서 돈 긁고 있다네요. 주종은 역시 젊은 이주 여성들 데려다 등쳐 먹고……."

"재산은?"

"운짱 새끼 말로는 수십억은 족히 될 거라던데요? 대출 끼고 작은 빌딩도 하나 샀대요."

수십억!

나쁘지 않았다.

"집은?"

"몰래 확인했는데 혼자 살아요."

그것도 나쁘지 않았다.

"주상복합 5층 빌딩인데 거기 5층 전체를 쓰고 있어요."

"주변은?"

"뒤쪽이 이면도로라 그리 번잡하지 않던데요. 사진 넣어드릴게요."

나이쓰!

"어제 알바 하느라 다친 애들은 없지?"

"당연하죠. 그런 접촉 사고쯤은 완전 껌이에요."

윤표가 웃었다.

그 또한 나쁘지 않았다.

턴다.

그 한마디에 장호의 귀가 쫑긋 서는 게 보였다.

[진짜예요?]

웃음기 가신 얼굴로 수화를 그려대는 장호.

"그럼!"

길모도 씨익 웃었다. 오른손에서 흥흥거리는 소리는 들리지

않았다. 하지만 길모는 듣고 있었다. 심장 저 깊은 곳에서 울림

을 내는 호영의 목소리. 그가 재촉하는 목소리…….

털어라!

털어다오!

길모는 화답했다. 조금만 기다리라고.

운명!

이것은 참 희한한 것이다. 황기수가 그랬다. 그는 호영의 목

숨값을 공짜로 가져간 인간. 더불어 호영이 남긴 모든 것을 챙

겼다. 만약 그가 욕심을 버리고 납골당이라도 평범한 것으로 마

련해 주었더라면 길모는 그를 잊었을 것이다. 조금 인색했더라도 이해했을 것이다.

하지만 그는 화를 자초했다.

납골당!

그건 6억이나 꽁돈을 먹은 인간이 취할 도리가 아니었다. 가장 외지고 가장 초라한 그 자리. 그 욕심이 화를 불러왔다.

재미난 건 황기수 스스로 길모의 영역으로 들어왔다는 것. 길모는 그를 벼르고 있었지만 늘 분주한 까닭에 잊을 수도 있었다. 시간이 지나면 모든 것이 바래지는 것처럼 그대로 망각될 수도 있었다. 그런데 호랑이 굴에 제 발로 찾아왔다.

세상은 좌우상하로 얽혀 있다. 홀로 우뚝한 산도 없고, 혼자 강이 되는 냇물도 없다. 길모는 윤표가 보내준 파일을 노트북에 띄웠다.

차가 보였다.

보도방 차였다.

'보도⋯⋯.'

보도라면 길모도 빠삭했다. 길모가 보도를 직접 하지는 않았지만 아는 사람이 지천이다. 지금이라도 전화만 때리면 쓸 만한 애들 데리고 싣고 달려올 보도들 말이다.

보도방 수입은 완전 아가씨 장사다. 아니, 변두리로 가면 '아줌마' 장사다. 말로만 아가씨지 전부 아줌마들이기 때문이다.

그나마 30대 중반이라도 확보하고 있으면 물 좋은 편이다. 심지어는 40대에서 50대들이 포진하고 있다. 술 한잔 먹은 남자들에게 들어가 30대 후반이라고 우기지만 아는 사람은 다 안다.

그런데!

황기수는 머리를 쓰고 있었다. 외국에서 시집온 이주 여성들. 한국에 몇 년 살았으니 대충 의사소통은 된다. 하긴 소통도 필요 없다. 노래방 도우미의 미덕이라면 블루스가 최고. 그러니 보디랭귀지로도 충분했다.

아무튼 그는 20대에서 30대를 거느리고 있다. 한국말이 서투른 건 오히려 매력일 수도 있었다. 더욱이 여자들에게 약점이 있다면 보도실장으로서는 최상의 조건이었다.

'뒤를 봐주는 사람이 있을 거 같은데?'

길모의 촉이 뻗어나가기 시작했다. 황기수는 대구에서 활동하던 사람. 아무리 변두리라지만 대한민국의 수도 서울이었다. 대구에서 올라와 자리 잡기가 쉽지 않았을 건 뻔한 일.

'하긴 상관없지. 덕분에 이 인간이 돈을 많이 모았다면 오히려 감사해야 할 일.'

정말 그랬다. 그런 조력자가 없다면 황기수가 돈을 모았을 리 없었다. 어쩌면 호영의 목숨값까지 홀라당 날렸을 수도 있었다.

"혜수, 나 좀 보자."

길모는 손님을 배웅하고 들어오는 혜수를 불렀다. 오늘만 네 번째 손님. 에이스로서 따블에 따따블까지 뛰는 걸 고려하면 열

한 번째 룸을 도는 혜수였다.

"마셔!"

구석으로 간 길모는 일단 식이음료부터 건넸다.

"할 말 있으세요? 부장님!"

혜수는 사무적으로 나왔다. 그 표정이 너무 리얼해 슬쩍 섭섭한 마음까지 드는 길모.

"이 사람 말이야."

길모가 황기수의 얼굴을 카피한 출력지를 건네주었다.

"어머!"

"저번에 왔던 인간이야. 공부 좀 하라고."

"뭔데요?"

"재산 좀 맞춰봐. 현재 얼마나 쌓고 사는지."

"이것도 1번 룸 맡기는 옵션의 하나인가요?"

"아니, 이건 별개야."

"그럼 실물로 봐야겠네요."

"언제 올지 몰라. 그러니 그냥 사진으로 봐."

그 말을 남긴 길모가 돌아설 때였다. 혜수의 손이 다가와 길모의 팔목을 잡았다.

"실물로 본다니까요."

혜수가 싱긋 웃으며 고집을 부렸다.

"마음은 이해하는데 예약이 없거든. 그러니까 그냥 그걸로 봐."

"이 사람 지금 왔어요."

"무슨 소리야? 예약 없다니까."

"지금 막 도착했어요. 전화 걸고 들어온다고 했으니까 두고 보세요."

혜수는 윙크를 남기고 대기실로 들어갔다.

'무슨 소리야?'

길모가 고개를 갸웃거리는 사이에 정말, 황기수가 계단을 내려섰다.

"이어, 홍 부장!"

제법 술이 오른 황기수가 손을 들며 알은 체를 해왔다.

"황 실장님!"

"근처에서 비즈니스가 있어서 말이야. 인재 스카우트하면서 한잔 때렸더니 생각이 나잖아. 룸 있지?"

황기수는 친한 척 길모의 등을 두드리며 말했다.

인재 스카우트.

젊은 이주 여성 하나를 후린 모양이었다.

"잠깐만요."

길모 눈에 룸에서 나오는 서 부장이 들어왔다. 길모는 서 부장에게 다가가 룸의 상황을 물었다.

"8번 룸으로 모셔. 마침 지금 오시기로 한 손님께서 조금 늦으신다네."

서 부장이 8번 룸을 가리켰다.

"어험, 어째 여기가 더 좋은 곳 같은데?"

8번 룸에 들어선 황기수가 너스레를 떨었다. 유럽풍인 룸과 아주 다른 1번 룸. 그러니 취향에 따라서는 그럴 수도 있는 일이었다.

"누가 오십니까?"

길모가 장호를 데리고 서서 물었다.

"아니, 동업자가 한잔 산다는 걸 보내고 혼자 왔지. 자네 좀 보려고 말이야."

관상!

황기수의 속셈은 당연히 관상이었다.

하루 사이에 길모의 예언은 네 번이나 적중했다.

접촉 사고!

또 접촉 사고!

주식 반등!

주식 폭락!

앞의 두 사고는 길모가 만든 작품이었다. 윤표에게 부탁한 일이었다. 로드가 안방보다 편한 친구들이니 별일도 아니었다.

뒤의 두 사고는 운이 좋았다. 주식 반등이야 박길제의 실력으로 보아 얼마든지 가능한 일이지만 폭락은 하늘이 도왔다.

아무튼 황기수로서는 삑 갈 일이 아닐 수 있었다. 그 누가 관상으로 그토록 세밀한 적중력을 보일 수 있단 말인가?

"서 부장님!"

다시 복도로 나온 길모가 서 부장을 불렀다.

"왜?"

"8번 룸 예약 건 말입니다. 괜찮으시면 다른 룸에다 땜빵 좀
하세요."

"오래 있을 손님이야?"

"눈치를 보니 그런 거 같아서요. 기왕 자리 잡았으니 가라고
쫓을 수도 없을 것 같아서……."

"그러지 뭐. 우리 사장님 엄명이신데."

서 부장은 웃으며 응수했다.

"되도록 오래 잡아두라고요?"

지명으로 불려나온 혜수가 물었다.

"관상을 원 없이 디테일하게 보라는 뜻이야."

"재산 말고 다른 것도요?"

"공부하기엔 괜찮은 샘플 같아서 말이야."

"좋아요. 까짓것!"

혜수는 기꺼이 명령을 받았다.

"술은 뭘로 준비해 드릴까요?"

혜수와 장호를 데리고 들어선 길모가 황기수에게 물었다.

"지난번에 마신 거!"

"알겠습니다."

길모는 장호에게 눈짓을 보냈다. 장호는 박길제와 마신 술로
세팅을 해주었다.

"오늘 운이 좋으십니다. 우리 혜수는 늘 예약 만원인데 콜 하나가 취소되었습니다."

"내가 요즘 운빨이 좀 되거든."

황기수는 당연한 듯 말했다.

"그렇군요. 얼굴에서 느껴집니다."

길모가 장단을 맞췄다.

"신규 사업 진출할 때 도와주던 친구가 있었는데 암 판정이 났지 뭔가? 그 친구에겐 안됐지만 나는 짐 하나를 던 거지."

도와주던 친구.

황기수 입에서 조력자 이야기가 나왔다. 길모가 의식하던 그 조력자였다. 완전 독립을 이룬 황기수. 길모에게도 나쁘지 않았다.

"죄송합니다. 이 방 저 방 인사할 곳이 많아서… 일단 몇 잔 드시면서 대화 나누고 계시면 다시 오겠습니다."

"그렇게 바쁜가?"

"오늘 어째 손님이 몰리는 날인가 봅니다."

길모는 겸손하게 둘러댔다.

"허어, 홍 부장을 눌러 앉히려면 대통령이라도 데려와야겠군."

"죄송합니다. 대신 그 아가씨가 제 애제자이니 웬만한 관상은 다 봐드릴 수 있을 겁니다."

"이 아가씨도 관상을 본다고?"

"사실 어떤 점에서는 저보다 낫지요."

"그래?"

황기수가 혜수를 돌아보았다. 혜수는 몽환적인 눈으로 목례를 했다. 그 명품 자태에 황기수의 목젖이 꿈틀거리는 게 보였다. 변두리에서 노래방 보도를 하는 황기수. 에이스급 여자가 있을 리 없었다. 그러니 혜수의 고혹적인 자태에 숨이 막히는 건 어쩔 수 없는 일이었다.

'불쾌 만땅이긴 하지만⋯⋯.'

사랑하는 여자를 늑대의 시선 앞에 홀로 두는 것. 결코 유쾌할 리 없었다. 하지만 이 일은 같은 업소에서 사랑하는 커플들의 숙명이었다. 때로는 험한 일도 벌어진다. 취하거나 음심이 발동한 손님이 여자를 덮칠 때도 있었다. 그런 일에 눈알을 뒤집고 들어가 손님을 반쯤 죽여 버리는 웨이터도 있었다.

결국 책임 공방이 벌어진다.

"행실을 어떻게 했길래 손님이 덮쳐?"

"그럼 어쩌란 말이야? 몸에 갑옷 두르고 들어갈까?"

다 부질없는 짓이다.

그 끝은 언제나 파탄이다. 믿지 않으면 깨지는 건 유흥업소에서도 다르지 않았다.

길모는 피식 웃었다. 그만큼 혜수를 믿고 있었다. 그리고 이 정도에 불쾌감이 든다면 일찌감치 혜수를 포기하는 게 나았다.

"그럼 다녀오시게나. 다 먹고 살자고 하는 일인데."

황기수가 인심을 썼다.

길모는 꾸벅 인사를 남기고 복도로 나왔다.

*   *   *

"가자!"

혜수가 황기수를 맡는 사이에 길모는 장호의 오토바이에 올랐다.

바다당!

오토바이는 몸살을 앓으며 도로를 질주했다. 귀밑을 스쳐 가는 바람이 따가울 정도로 강했다.

'직선거리로 왕복 16분!'

길모는 거리를 상기했다. 계산은 장호가 한 것이었다. 오토바이는 뒷골목으로 방향을 틀었다. 대로변에는 CCTV가 많았다. 나아가 신호등도 많았다. 둘 다 그리 달가운 것들은 아니었다.

바당!

목표물을 수십 미터 앞두고 오토바이가 멈췄다.

[저거네요.]

장호가 어둠에 묻힌 5층 건물을 가리켰다. 윤표가 봐둔 그 건물이었다.

[앞쪽은 셔터가 내려져 있어요.]

황기수가 잠근 걸까? 빌딩이 죄다 불이 꺼진 걸로 봐서 주거

용은 아닌 모양이었다.

"카메라는?"

[다행히 안 보여요.]

수화를 보는 길모 입가에 잔 미소가 스쳐 갔다. 확실히 뒤가 구린 황기수. 짐작대로 뒤탈이 날 장치는 하지 않은 것 같았다.

그렇다고 미소가 계속 이어진 건 아니었다. 철문 앞쪽이 하필이면 카바레 입구 길목이었다. 사람이 많으니 쉽사리 들어가기 어려웠다.

[아, 인간들이 밥 먹고 카바레만 다니나?]

장호는 수화를 휘적거리더니 계속 이어갔다.

[형!]

"왜?"

[황기수, 그 인간 진짜 관상 안 봤어요?]

"그래."

[그래도 보는 게…….]

"불안하냐?"

[아뇨. 그런 건 아니지만…….]

"말했잖아? 소 잡는 칼로 닭 잡을 생각은 없다고. 그놈은 관상을 봐줄 가치도 없는 인간이다."

호영의 숭고한 눈으로는!

길모는 그 말을 숨겼다. 진심이었다.

'대로행은 포기!'

기왕이면 떳떳하게 들어가고 싶었던 길모. 별수 없이 뒤쪽으로 돌았다. 왜 떳떳하게 들어가고 싶었냐고? 당연한 일이다. 황기수의 돈은 호영의 것이 아닌가? 설령 돈이 많이 불었다고 해소 그 또한 종잣돈 덕분일 뿐이었다.

뒤쪽 1층에는 보안 철창이 육중하게 둘러 있었다. 2층을 보니 그곳도 마찬가지. 더구나 3층에도!

'나름 빈틈없군.'

대개 보안창은 1층에 친다. 2층, 더구나 3층까지 치는 경우는 그리 흔하지 않았다.

딸랑!

장호의 방울 소리와 함께 길모는 취객 소변 연기 신공을 펼쳤다. 묘령의 아가씨는 고개를 반대로 돌리고 길모를 지나갔다. 아가씨가 멀어지자 길모는 행동에 돌입했다. 건물 사이를 기어오르기로 작정한 것이다.

파앗!

다리에 힘을 주고 뛰었다. 첫 점프의 도약이 좋았다. 길모는 환기구의 턱을 잡고 멈췄다. 다음은 클라이밍. 오래된 건물이라 홈이 많아 디딤 자리가 나쁘지 않았다.

휘이잉!

건물 벽에서 맞이하는 바람은 아래쪽보다 강하게 느껴졌다.

"끙차!"

길모는 마침내 3층 화장실의 작은 창을 열고 입성에 성공했다.

복도를 내다보니 감시 장치는 보이지 않았다. 길모는 유유히 계단을 올랐다.

'무슨 대비를 했을까?

진심으로 궁금했다. 사람은 누구나 자기 돈이 아깝다. 하지만 황기수는 더할 것 같았다.

4층!

몇몇 문 옆의 작은 창에 설치된 방범 창살이 보였다.

'몇 번 털리기라도 한 건가? 대비가 철통이네?

좀도둑이 많은 지역일까? 조금 신경이 쓰였다. 길모는 계단 참을 지나 마침내 5층 입구에 도착했다.

"······?"

쩌억!

입이 저절로 벌어졌다.

한마디로 기가 막혔다. 계단을 가로막고 있는 딱 한 장의 철판. 그곳에는 손잡이도 자물쇠도 없었다.

'Fuck!'

이 황당함. 어이 상실한 길모는 작은 랜턴을 꺼냈다. 문 주위를 살펴보지만 장치 같은 건 없었다. 별수 없이 문을 밀어보았다. 끄떡도 하지 않았다. 한마디로 절망의 벽과 마주 선 느낌이었다.

어쩔 것인가? 자물쇠든 뭐든 보여야 열 것 아닌가?

오감!

오감은 시각, 청각, 후각, 미각, 촉각을 말한다. 길모는 오감을 동원해 문을 살폈다. 더듬고 누르고 밀어도 보았다. 어디에도 손잡이가 없었다. 잠금장치도 없었다.

'알리바바와 40인의 도적들.'

하다하다 그 이야기까지 떠올렸다. 이 문에는 음성 장치가 된 걸까? '열려라 참깨' 하면 열리는? 우습게 이야기를 따라해 보았다. 사람 꼴만 우스워졌다.

숨을 돌리고 좌우와 하단에 손을 밀착시켜 밀거나 들어 올려보았다. 미동도 없다. 돌아오는 건 한숨뿐이었다.

완전무결!

원래 큰 도는 비워내는 것이라더니 이 문이 그랬다.

황기수!

굉장한 잔머리였다. 이쯤이면 좀도둑이 들 엄두도 못 낼 일이었다.

'관상을 볼 걸 그랬나?'

한순간 후회가 밀려들었다. 그럴 가치도 없다고, 그것조차 호영을 욕되게 하는 일이라고 철저히 무시했던 황기수. 하지만 지금 길모 앞에 놓인 문은 지금까지 만난 그 어떤 장치보다 아득함을 안겨주고 있었다.

폭파! 그게 아니라면 빠루질의 명인 이대윤이 필요한 시점이었다.

시간은 흘러갔다.

막막함도 더해갔다.

마음이 심란해지자 어디선가 곡소리까지 들리는 것 같았다.

'고양인가?'

고개를 돌리는 길모의 눈에 건너편 원룸 건물이 비쳐 왔다. 커튼 사이로 보이는 건 텔레비전의 빛이었다. 빛이 몇 번 움직였다. 주인이 리모콘으로 채널을 돌리는 모양이었다.

'리모콘?'

그 단어를 집어내자 머릿속에 작은 빛이 기어들어 오기 시작했다.

리모콘!

생각에 속도가 붙더니 차상빈 사건으로 옮겨갔다. 그 독특한 금고 장치… 욕조 아래에 교묘하게 숨겼던 차상빈의 금고. 그때 그 비밀을 푼 건 벽에 걸린 붙박이 시계였었다.

길모는 재빨리 돌아보았다. 계단참 위쪽에 단자가 보였다. 길모의 무릎 위치였다. 단자에는 심플하기 그지없는 자물쇠가 붙어 있었다. 동네 철물점이나 잡화점에서 쉽게 살 수 있는 번호 네 개짜리 자물쇠.

단숨에 자물쇠를 풀어냈다.

단자가 열렸다.

"……!"

비밀의 끈은 단자 안에 있었다. 몇 개의 스위치 옆에 번호판이 보인 것이다.

'흐음… 기발하군.'

길모는 황기수의 머리를 인정했다. 누가 이런 걸 꿈이라도 꾸었을까? 전기 단자함에 열쇠를 두고 다니는 사람은 봤어도 잠금장치를 했다는 건 본 적도 들은 적도 없었다.

'어디 보자…….'

마음에 여유가 생기자 번호키를 맞추는 건 일도 아니었다. 게다가 그 번호도 미치도록 간단했다.

600,000,000!

6억, 6억이라는 숫자가 패스워드였던 것이다.

지잉!

마침내 비밀의 벽이 올라가기 시작했다.

길모는 남은 계단을 마저 올랐다. 그 이후로는 일사천리였다. 현관문은 기본 잠금도 걸려 있지 않았다. 사람의 심리가 이렇다. 최초 방어막에는 충실하지만 내부 방어막은 약한 경우가 많다. 대한민국 어디나 널린 일이었다.

강력한 방어막에 대한 신뢰 위에 설마 하는 마음이 겹치는 까닭이었다.

설마?

설마는 어디서고 무너진다. 다만 시간이 필요할 뿐이었다.

'여기로군.'

5층 거실은 넓었다. 그저 넓었다. 길모는 스캔을 시작했다.

금고는 거실 구석에 있었다.

특별한 금고도 아니었다. 방 사장 사무실에 놓인 것처럼 구식 보통 금고에 불과했다.

'까먹은 시간을 여기서 벌어주니 고맙군.'

길모는 금고 앞에 앉았다. 다이얼을 짚고 천천히 돌렸다.

끄릭!

끄릭!

두어 번 좌우로 돌리자 기어가 직선으로 열리는 촉감이 전해져 왔다.

'오케이!'

금고가 열렸다.

"......!"

길모는 눈을 의심했다. 금고 안에 든 건 각종 여권과 계약서들이었다.

'계약서?'

몇 장을 읽어보니 보도에서 일하는 이주 여성들의 것이었다. 계약서 조항은 말도 되지 않았다.

전속으로 일함.

합의 없이 다른 보도로 가게 되면 그동안 수입의 2배를 배상함.

결근은 사전에 허락을 받아야 함…….

몇 가지만 읽어봐도 부아가 치밀었다. 한글을 잘 모르는 여자들에게 족쇄를 채워놓은 것이다. 길모는 고개를 돌렸다. 금고가 아니면 어딜까? 길모의 눈은 베란다의 궤짝에 닿았다. 오래된 오동나무 궤짝이었다.

'중요한 건 궤짝에 넣어두면 오래가지.'

언젠가, 나이 지긋한 사장 하나가 했던 말이 떠올랐다. 그 옛날에는 궤짝이 금고였단다. 돈이 생기거나 좋은 게 생기면 그 안에 넣어두었단다.

길모는 성큼 걸어가 궤짝에 걸린 빗장 자물쇠를 열었다.

'아!'

문이 열리자 돈뭉치들이 밀려나왔다. 거기였다. 금고가 아니라 궤짝이었다. 궤짝 안에는 5만 원권, 만 원권이 넘치도록 가득 쌓여 있었다.

현금을 챙긴 길모는 장호에게 전화를 걸었다.

"베란다 보이지? 그쪽으로 가방 내린다."

—네.

장호의 답은 문자로 들어왔다.

창을 열자 세찬 바람이 밀려들었다.

'응?'

가방에 끈을 조율하던 길모, 바람에 섞여오는 아련한 소리에 귀를 세웠다.

'고양이?'

아까 계단참에서도 들었던 소리였다. 하지만 여기는 5층. 고양이 따위가 있을 리 없었다. 하지만 그 소리는 또 길모의 귓전에 녹아들었다. 자세히 들으니 신음 소리 같기도 했다.

'사람인가?'

두 개의 빈 방을 열어보았다. 아무도 없었다. 고개를 갸웃거릴 때 다시 신음이 따라 들어왔다. 소리의 진원지는 옆방이었다.

'여기로군.'

잠긴 문의 안쪽에서 여자의 신음 소리가 새어 나오고 있었다. 길모는 기본 잠금장치만 달린 문을 간단히 제압했다.

문은 조금씩 열었다. 안에서는 탑탑한 악취가 뿜어져 나왔다. 천천히 어둠에 익숙해지자 안쪽 풍경이 밝혀졌다.

'이런!'

길모는 눈을 의심했다. 어두운 방 안에 놓인 몇 개의 철창 감옥. 그건 진짜 감옥이었다. 그중 두 개 안에서 여자가 신음하고 있었다. 둘 다 외국인 여자들이었다.

광경은 눈 뜨고 보기 어려울 정도로 처참했다. 철창 안에 던져진 건 밥그릇 하나와 소대변용 그릇. 하루 이틀 갇힌 게 아닌 듯 악취까지 심해 구역질이 쏠려왔다.

"우엑!"

복도로 나온 길모는 결국 헛구역질을 하고 말았다.

'황기수…….'

치가 떨렸다. 가둬둔 여자들은 아마 말을 잘 듣지 않았을 것이다. 그러니 가둬놓고 본보기를 보이는 것이다. 이 건물은 황기수 소유. 그럴 수 있는 일이었다.

'어쩐다?'

그냥 두고 갈 수는 없었다. 그렇다고 남의 집에 들어와 금고를 연 판국에 직접 구할 수도 없었다.

휘잉!

번민하는 길모의 얼굴을 창을 차고 들어온 바람이 쓸고 갔다. 바람은 속절없이 시원했다.

'맞다. 바람!'

시원하게 불어가는 바람. 길모는 바람에서 힌트를 얻었다. 길모는 서둘러 궤짝의 돈을 쓸어 모았다. 줄에 매달린 돈가방이 아래로 내려갔다. 하지만 남은 돈은 내려 보내지 않았다.

길모는 그 돈 뭉치들을 창문 앞에 쌓아두었다.

5층 계단 앞에 설치된 비밀의 문은 잠그지 않았다. 여자들이 갇힌 문도 잠긴 채로 그대로 두었다.

[형!]

이면도로로 나오자 장호가 두 팔을 휘저어 위치를 알렸다.

"가방은?"

[챙겼어요. 꼭 잡으세요.]

"잠깐만!"

길모는 장호를 막았다. 시선은 아까부터 황기수의 5층 베란다로 향하고 있었다.

[무슨 문제가 있어요?]

"조금만······."

고개를 드는 길모의 얼굴에 센 바람이 스쳐 갔다. 그게 신호였다. 베란다에 둔 돈이 바람에 날리기 시작했다. 돈! 돈비가 내리기 시작했다.

[돈이에요!]

"신경 끄고 땡겨라. 보통 사람들도 가끔은 횡재를 좀 해야지."

장호는 의아했지만, 더 묻지 않았다. 오토바이는 왔던 길을 향해 소리 없이 발진했다.

"와아아, 돈이다. 돈!"

"돈 비가 내린다!"

어깨 뒤로 사람들의 외침이 들려왔다. 카바레를 드나들던 사람들이었다. 그 뒤를 이어 경찰차 달리는 소리도 들렸다.

'다음은 119 구급대······.'

길모가 머리에 그리는 차례는 그랬다.

느닷없이 뿌려진 거액의 현찰. 당연히 경찰이 출동할 것이다. 당연히 돈이 뿌려진 건물을 조사할 것이다. 그렇게 되면 감금된 여자들이 발견되는 것도 당연지사.

[으악, 그렇게 된 거예요?]

카날리아를 지척에 두고 길모의 설명을 들은 장호가 수화를 그렸다.

"잘된 일이지?"

[난 또 왜 돈을 뿌리나 했어요.]

"들어가자. 황기수 얼굴이 어떻게 변할지 궁금하거든."

[나도 궁금 만땅요.]

장호는 사뿐 오토바이를 세웠다.

"어이쿠, 바쁘신 분, 이제야 납시는군."

길모가 1번 룸에 들어서자 황기수가 말했다. 표정이 그리 나쁘지 않은 걸 보니 혜수가 선방을 한 모양이었다.

"이 친구 말이야, 보통 솜씨가 아니던걸?"

지루한 표정도 엿보이지 않았다. 그렇다면 길모의 부재에 대해서도 크게 우려할 필요가 없을 것 같았다.

"제가 말씀드렸잖습니까? 어떤 면에서는 저보다 낫다고……."

"그러게 말일세. 몇 가지는 나도 놀랐다네."

"한 잔 올리겠습니다."

길모가 술병을 들었다.

술 한 잔!

룸 안에서는 이만한 입막음도 없었다.

"홍 부장도 한 잔 받으시게."

잔은 길모에게 되돌아왔다.

"자, 그럼 이제 내 관상 좀 봐주셔야지."

소파에 어깨를 기댄 황기수가 길모를 바라보았다.

"실장님은 척 봐도 길상입니다."

"그래?"

"오악이 두루 조화를 이루고 12궁이 반짝거리니 어찌 안 그렇겠습니까? 아마 사는 집도 점점 커지고 있죠? 곧 대궐 크기가 될 것 같습니다."

"허어, 귀신이군. 하지만 새로 구한 빌딩은 아직은 대출이 많아서 갚으려면 좀 걸려."

"늙어도 사람들이 주변에서 끊이질 않을 테니 외로움도 없을 테고요."

"말은 고맙네만 당장은 사업운이 궁금하네. 여기 아가씨가 대략 말해주었지만… 어떤가? 내가 금융 쪽에서 대박이 터질 것 같은가?"

"그건 이미 진출하지 않았습니까?"

"그런데 그게 시소를 타서 말일세……."

"본시 멀리 뛰려면 움츠림이 필요한 것이죠. 올랐다 내려갔다? 그다음은 다시 오르는 일만 남은 거 아닌가요?"

"어이쿠, 그게 또 그렇게 되는군?"

"뿐만 아니라 유명인 상도 겹쳤습니다. 곧 이 나라 방방곡곡에 이름을 떨치시게 될 겁니다."

"내, 내가?"

"예. 그때가 되어도 저희 가게 많이 이용해 주시기 바랍니다."

"그야 여부가 있나? 내가 대박만 나면 이 룸을 아예 전세 낼 생각이네."

황기수가 잔뜩 고무되어갈 때 전화기가 울렸다.

"실장님, 전화 왔는데요."

옆에 있던 혜수가 말했다.

"그냥 둬. 지금 이 판에 전화가 문제야."

하지만 전화는 그치지 않았다.

"아, 어떤 놈이 싸가지 없게 이 시간에……."

하는 수 없이 핸드폰을 집어 드는 황기수.

"……!"

첫 마디를 뱉은 황기수 얼굴에 벼락같은 전율이 스쳐 갔다.

"뭐, 뭐라고? 지금 뭐라고 했어?"

목소리 또한 급변했다. 희망에 들뜨던 그 소리가 아니라 잔뜩 긴장한 목소리였다.

"이 자식이 또 반반한 아가씨 데리고 술 처먹었나? 내 집이 그렇게 허술한 줄 알아?"

황기수가 목청을 높이자 혜수가 길모를 바라보았다. 길모는 찡긋 윙크로 말을 대신했다. 오래지 않아 황기수가 부리는 보도 실장 하나가 카날리아로 달려왔다.

"여기 황 실장이라고……."

복도의 장호가 1번 룸을 가리켰다.

"황 실장님!"

보도실장은 다짜고짜 룸 안으로 뛰어들었다.

"확인했어?"

"예, 틀림없습니다. 피하셔야겠습니다."

"그, 그럴 리가?"

"어서요. 급합니다."

보도실장은 안달을 하며 황기수를 재촉했다.

"아, 진짜… 잘나가는 판에…….."

하는 수 없이 자리를 털고 일어서는 황기수. 허둥지둥 나가는 그들을 길모가 막아섰다.

"뭐야?"

황기수가 짜증을 내며 물었다.

"계산은 하셔야죠!"

길모는 정중하게 계산서를 내밀었다.

황기수의 얼굴이 굳어졌다.

"관상 복채도 주신다고 했던 거 같은데요?"

이번에는 혜수였다. 황기수의 얼굴은 돌덩이처럼 굳어버렸다.

부릉!

부랴부랴 떠나는 황기수. 길모는 차가 도로에 진입하는 걸 보면서 마지막 선물 하나를 날려주었다.

"차량 번호는… 지금 네거리 쪽으로 향하고 있습니다."

길모가 전화를 건 곳은 경찰서였다. 수상한 사람으로 신고 전화를 넣은 것이다. 머잖아 순찰차가 사이렌을 울리며 카날리아 앞을 지나갔다. 못 견디도록 아름다운 밤이었다.

*　　　*　　　*

"먼저들 가."

영업이 파한 새벽, 길모는 사단 아가씨들을 먼저 보냈다. 장호도 마찬가지였다.

관상 과외.

길모가 내건 이유였다. 물론, 혜수는 남았다.

"아, 괜히 질투 나네. 나도 내일부터 관상이나 배울까?"

유나가 입술을 삐죽거렸다.

"그거 아무나 배워? 게다가 유나 씨는 끈기 부족이잖아? 영어도 이틀 하고 때려치우고……"

홍연이 유나 옆구리를 찌르며 말했다.

"아, 진짜… 영어만 들으면 오바이트가 쏠리는 걸 어떡해?"

"그래도 기왕 칼을 뽑았으면 썩은 무라도 찔러야지."

"됐어. 홍연 씨나 배워. 난 중국어 배울래."

"그건 발음이 빡세서 비호감이라며?"

소 잡는 칼로는 닭을 잡지 않는다 213

"그럼 일본어 배울까?"

"그건 귀 간지러워서……."

"아, 그러니까 난 이대로 살래. 한국말은 잘하잖아?"

유나가 짜증을 내자 일동 웃음꽃이 피었다.

[대기하고 있을 테니까 필요하면 콜 하세요.]

장호는 수화를 그리며 오토바이에 올랐다.

"장호 씨, 나 좀 태워줘. 가슴 뻥 뚫리도록 달려보자."

유나는 장호의 허락이 떨어지기도 전에 뒷좌석에 올라타 버렸다.

바다당!

최장호표 굉음을 내며 장호가 출발했다. 홍연과 승아까지 가면서 카날리아에는 두 사람만 남았다.

1번 룸!

길모와 혜수가 마주 섰다.

사랑은 자석이다.

사랑은 흡인력이다.

가만히 있어도 끌려가게 되어 있다.

길모는 혜수를 당겨 안았다. 혜수는 기다렸다는 듯 길모 가슴에 얼굴을 묻었다.

"그거 알아요?"

길모 품에서 혜수가 속삭였다.

"뭐?"

"오빠가 보고 싶었다는 거."

"실은 나도……."

"또 그거 알아요?"

"뭐?"

"가끔은 손님 옆에 앉기 싫어진다는 거."

"혜수는 알아?"

이번에는 길모가 질문을 던졌다.

"뭐요?"

"나도 가끔은 혜수를 룸에 넣기 싫어진다는 거."

"말해봐요."

혜수는 길모 품에 안긴 채 고개를 들었다.

"뭘?"

"언제부터 나 좋아했어요?"

어려운 질문이 나왔다. 여자는 아무렇게나 묻지 않는다. 물을 때의 느낌이라는 게 있다. 그렇기에 남자는 아무렇게나 대답하면 안 된다. 더구나 길모처럼 막 사랑에 불 붙은 사이라면…….

"에뜨왈에서 만났을 때부터."

거짓말이었다. 물론 그때부터 혜수에게 호감이 있었던 건 사실이었다. 하지만 그 호감은 에이스로서였다.

"거짓말!"

혜수의 손가락이 길모 입술로 올라왔다.

"진짜야. 그래서 내가 목숨 걸고 대시한 거잖아?"

"정말이죠?"

"응!"

"그럼 믿어줄게요."

"혜수는?"

언제부터?

길모는 뒷말을 생략하고 답을 기다렸다.

"처음에는 관상만 보였어요. 그런데 언제부턴가 관상은 안 보이고 오빠가 보이는 거 있죠? 그때부터 이 남자가 내 사람이 었으면 좋겠다고 생각했어요."

"그럼 혜수가 날 꼬신 건가?"

"아마 그럴걸요?"

맹랑한 아가씨. 방긋 웃으며 길모의 입술을 덮쳐 왔다. 완전히 밀착되자 길모의 중심에 힘이 들어갔다. 혜수는 피하지 않았다. 그녀의 부드러운 곡선의 마력에 홀린 길모는 급하게 원피스 자락을 걷어 올렸다. 매끈한 속옷 라인이 느껴지자 길모는 더 참을 수 없었다.

"여기서요?"

"어때? 아무도 없는데……."

길모는 혜수를 소파에 쓰러뜨렸다. 다른 생각은 없었다. 그저 그녀의 안으로 들어가고 싶을 뿐. 그 안에다 사랑의 씨를 뿌리고 싶을 뿐.

하지만!

방해자가 있었다.

"발소리예요."

놀란 혜수가 길모를 밀어냈다. 길모는 얼른 옷맵시를 가다듬고 룸 문을 열었다.

[형…….]

까치발로 복도를 걸어나가던 장호가 돌아보았다.

"왜?"

[유나 그 가시나가 핸드폰을 놓고 갔다지 뭐예요? 가다가 돌아왔는데 형한테 방해될까 봐 살금살금 다녀간다는 게…….]

"야, 네가 무슨 도둑놈이냐? 똑바로 걸어."

[알았어요.]

"조심히 가고."

계단을 올라가는 장호 뒤통수에 대고 말하는 길모.

"갔어요?"

다시 룸으로 들어오자 혜수가 물었다.

"그래. 아, 짜식……."

"그러니까 이런 데서는 안 돼요. 관상 공부나 하시죠, 부장님!"

부장님!

호칭이 변했다. 그녀가 러브 모드에서 벗어나 관상 모드로 들어갔다는 증거였다.

"오케이."

길모도 기꺼이 자리를 잡고 앉았다.

길모가 혜수에게 준 과제는 두 가지였다. 아가씨들과 황기수. 혜수는 황기수부터 시작했다.

"관상의 기본에 따라 삼정과 사독, 오악, 육요, 십이궁을 찬찬히 살폈어요."

혜수는 핸드폰을 보며 설명했다. 관상을 보면서 핸드폰에 메모를 한 모양이었다.

"황기수는 닭상이었어요. 맞죠?"

닭상!

길모가 고개를 한 번 끄덕거렸다. 그의 상을 제대로 보지않은 길모. 하지만 기본이 되는 상은 얼굴만 봐도 알 수 있는 길모였다.

"이마는 삐뚤, 천창의 기색은 음산, 타고난 상인가 궁금해 물었더니 얼마 전에 사고가 나서 이마를 다쳤다고 하더군요. 시작부터 자리 지키기에 바쁘고 화가 없기나 바라야 하는 상이었어요."

혜수는 길모를 똑바로 바라보며 말했다. 그 표정에는 조금 전 길모와 뜨겁게 달아오르던 여자는 간 곳이 없었다. 완벽하게 길모를 스승으로 바라보는 시선이었다.

'하여간 몰입하면 무섭다니까.'

길모는 혜수 몰래 미소를 삼켰다.

"남자는 눈이요, 여자는 입술이라. 눈을 보니 붉은 기색이 있어 운이 박한 해로 보이고 나아가 세모눈이라 성품 자체가 비정한 상이예요. 어딘가 그런 상이 또 있을 것 같아 찾아보니 허리가 길고 다리가 짧은 상이라 그 또한 천한 성품의 하나라고 읽었습니다."

연관성!

쉽지만 아무나 생각할 수 있는 상법이 아니었다.

"그런데 좋은 곳이 있더군요. 바로 전택궁과 재복궁이었어요."

"어떻게?"

"전택궁이 제법 실하더라고요. 괜찮은 건물이나 땅뙈기 정도는 가지고 있을 것 같았어요. 재복궁도 금갑이 두툼해 재물을 좀 모은 듯하지만 비공이 잘 보이지 않으니 천상 이기적인 인간이지요."

"두 궁이 어떻게 다르지?"

"전택궁이 부동산이라면 재복궁은 현금쯤 되겠네요. 재복궁은 이마 사고 때 같이 상처를 입어 금갑에 흉터가 있길래 변화가 생길 수도 있을 것 같지만 전택궁은 큰 문제없을 것으로 생각했어요."

혜수는 제대로 설명했다.

전택궁과 재복궁에 대한 의미가 아니었다. 재복궁의 흉터. 결과론이지만 황기수의 현금에는 큰 변화가 생겼기 때문이었다.

"결론은?"

"그는 올해 운이 아주 박할 것으로 보였어요. 설령 올해를 넘긴다고 해도 실패가 여러 번 따를 상이라 큰 성공은 기대하기 어려울 것 같아요."

"그걸 황기수에게 말해줬나?"

"아뇨!"

혜수는 잘라 말했다.

"그럼 어떻게 설명했지?"

"좋은 것만 알려주었어요. 특히 전택궁 말이에요. 주식에 투자할 생각이라기에 부동산을 권했죠. 그 사람 관상으로는 부동산이 더 알맞은 것 같아서요."

"……!"

순간 길모는 가슴이 뜨끔해졌다. 나쁜 상은 버리고 좋은 상만 말해주는 것. 관상의 기본기를 제대로 지킨 혜수였다. 더구나 주식에 대한 조언은 현재의 결과론과도 딱 맞아떨어지는 결과.

만약 황기수가 혜수를 일찍 만났다면,

그래서 혜수의 관상을 신뢰하게 되었다면,

그는 애당초 박길제와 연결되지 않았을 수도 있었다.

'몰라보게 발전했구나.'

길모는 마른침을 넘겼다. 이제 길모 앞에 서 있는 건 관상 용어나 달달 외우던 여자가 아니었다. 적어도 관상이라는 단어를 품에 넣은 정도는 된 것이다.

"어때요? 조금 맞춘 거 같아요?"

설명을 끝낸 혜수가 방글거리며 물었다.

"아주 좋았어."

길모는 박수까지 쳐 주었다. 모든 게 길모가 황기수의 인상에서 느낀 느낌과 일치하고 있었다.

"에이… 그냥 봐주는 거 아니죠?"

"절대! 다른 건 몰라도 관상에 있어서는 그렇게 헐렁하게 넘어가지 않아."

"와아, 진짜죠?"

혜수의 입이 귀밑까지 올라갔다.

"확인은 좀 있다가 시켜줄게."

"칭찬받으니까 괜히 기분 좋은데요?"

"아가씨들 보는 건 시간이 없었지?"

"아뇨. 다 끝냈어요."

혜수가 당차게 대답했다.

"벌써?"

"뭐가 벌써예요? 날마다 대기실에서 얼굴 보는 사이인데……."

"평소에 봐뒀다?"

"공부잖아요. 새로운 거 배우면 걔들에게 응용해 보곤 했어요. 처음에는 죄다 틀렸지만……."

혜수다운 대답이었다.

"그럼 말해봐."

"음… 우선 길상 두 명은… 나하고 홍연이요."

"응?"

길모가 인상을 찡그렸다. 잘나가다가 농담을 하는 걸까?

"이유도 대야 하죠? 우선 나는 천기누설 관상박사님을 애인으로 꼬셨으니 당연히 관상이 좋을 테고……."

애인!

혜수가 길모를 바라보는 시각을 암시했다. 그녀에게 있어 길모는 애인이었다.

"홍연이는?"

"서 부장님 에이스들부터 다국적 평화군까지 다 봤거든요. 처음에는 민선아하고 써니 관상이 좋은 거 같았는데 최근 들어서 홍연이 상이 더 좋아졌어요. 얼굴에 막 벚꽃이 피는 거 같더라니까요."

"그래?"

나쁘지 않은 대답이었다. 홍연은 최근 들어 제대로 자리를 잡고 있었다. 게다가 뭐든 적극적이다. 그런 사람이라면 관상이 좀 나쁘더라도 얼마든지 극복할 수 있는 것이다.

"흉상은?"

"아, 그건 좀 어렵던데……."

잘나가던 혜수가 고개를 갸웃거렸다.

"포기?"

"아뇨, 누가 포기한데요? 그래도 다 뽑아놓았는데."

"그럼 말해봐."

"수연이하고 숙희요. 그런데……."

혜수는 말끝을 흐리더니 다시 꼬리를 붙였다.

"숙희가 좀 헷갈려요. 어떻게 보면 좋은 상으로도 보이고 또 어떻게 보면 나쁜 상인 것도 같고……."

이숙희!

방 사장이 가게를 넘기기 얼마 전에 받아들인 아가씨다. 몸매는 좋지만 이목구비가 조금 약해 에이스급들에게 밀리는 아가씨. 길모와는 얼굴만 익힌 상태였다.

"어떻게?"

"자세히 보니까 눈꼬리 근처에 반점이 있더라고요. 그렇잖아도 부장님께 물어보고 싶었는데……."

"어디라고?"

듣고 있던 길모가 파뜩 고개를 들었다.

"눈꼬리요. 요 정도……."

혜수는 자신 눈꼬리를 짚었다.

"진짜 거기야?"

"네. 이게 조금 위면 부정하고 조금 아래면 간음할 점이라고 외워두었는데 부위가 조금 다른 거 같아서……."

"그건 내가 내일 확인해 줄게."

"좋아요. 다른 것도 함께 인증해 줘요."

혜수가 생글거리며 말했다.

"오케이, 인증 끝나면 1번 룸 맡길게."

"와아!"

"한 가지 더 있어."

"뭔데요?"

"혜수가 본 상이 맞으면 앞으로는 다른 룸에 들어갈 필요 없어."

"정말요?"

"응. 홍 마담 알지?"

"네. 우리 특훈 강사님이었잖아요?"

"그 누님이 아가씨 관리자로 올 거야. 혜수는 부관리자로 있으면서 홍 마담이 바쁘거나 부재중일 때 그 자리 메워줘. 그러니까 이제 에이스들 초이스도 졸업이야."

"와아, 저 출세하는 거예요?"

혜수는 손뼉을 치며 좋아했다.

"너무 좋아할 거 없어. 옵션 수행하는 거 보고 바꿀 수도 있으니까."

길모는 선을 확실히 그었다. 공은 공이요, 사는 사였다. 이렇게 생각하는 데는 이유가 있었다.

1번 룸.

길모의 오늘을 만들어준 상징적이 곳이다. 그러니 좋아한다고 해서 그냥 밀어붙일 수 없었다. 그만큼 상징성이 있기 때문이었다.

1번 룸은 사랑보다는 관상 실력이 우선이었다. 적어도 관상에 대한 일반적인 만족은 시켜줘야 하는 것. 길모가 정한 기준은 그것이었다. 그러니 아직 그때가 아니라면 조금 더 참을 생각이었다. 꽃봉오리에 부채질을 한다고 꽃이 빨리 피는 것은 아니다.

아니, 어쩌면 필 수도 있다. 하지만 그 꽃은 건강하게 자라지 못한다. 그러니 능력도 없는 혜수에게 1번 룸을 맡긴다면 결과는 오히려 나쁠 수도 있었다.

"그만 퇴근할까? 황기수 관상도 확인할 겸."

길모가 자리를 털고 일어섰다. 시간이 꽤 흘렀으니 날이 밝았을 지도 모를 일이었다.

"황 실장 만나러가는 거예요?"

"그건 아니지만 하여간 알 수 있을 거야."

길모가 혜수를 데리고 간 곳은 도가니탕 집이었다. 여주인은 오늘도 길모를 아들처럼 반겨주었다.

"여기서 어떻게 황 실장 관상을 확인해요."

"아마 가능할걸?"

길모는 고소한 도가니 수육 한 점을 입에 넣으며 여주인에게 말했다.

"텔레비전 좀 켜주세요. 뉴스 나오는 데로……."

여주인이 리모컨을 누르자 잠시 후에 황기수의 얼굴이 나왔다.

"어머!"

바로 놀라는 혜수. 그 표정 너머로 아나운서 멘트가 흘러나왔다.

—이주 여성이나 불법체류 젊은 여성을 상대로 감금 폭행을 일삼으며 노래방 보도로 뛰게 한 파렴치범이 경찰에 구속되었습니다. 이 파렴치범은 이주 여성들이 국내법에 어둡거나 연고가 없는 것을 약점으로 삼아 착취와 폭행으로 수억 원의 돈을 갈취한 것으로 드러났습니다.

혜수는 뉴스에 완전 몰입이다.

—이들의 악행은 세찬 바람 덕분에 꼬리를 잡혔습니다. 착취한 돈을 담아둔 궤짝이 열리면서 돈이 거리에 살포되자 출동한 경찰들이 감금된 이주 여성들을 발견하게 된 것입니다.

"어머!"

—한편 범인인 황 씨는 경찰의 추궁에 착취한 돈은 바람에 날린 게 전부라고 주장하며 감금도 술에 취해 자해의 위험이 있는 여자들을 보호하기 위한 조치였다며 횡설수설해 국제 망신을 사고 있습니다. 한편 경찰은……

길모는 치밀어 오르는 웃음을 참았다. 일은 깔끔하게 정리가 되었다. 황기수는 잔머리의 화신. 그러니 궤짝 안의 돈 규모에 대해 입을 닫아버린 것. 그래야 형량도 줄어들 일이었다.

"한 가지는 통과!"

길모가 도가니 한 점을 집으며 말했다.

"고마워요!"

길모는 그걸 대답하는 혜수 입에 넣어주었다. 부상이었다. 그리고 또 하나를 입에 넣고 우물거렸다. 고소했다. 그 어느 날보다 고소한 도가니였다.

제7장

제 발로 온 토끼는 물지 않는 법

혜수를 집 앞에 내려주기 무섭게 전화기가 울었다. 길모는 전
화를 받아 들었다. 노은철이었다. 둘이 함께 들린 곳은 병원이
었다.

다섯 명의 이주 여성들이 입원한 병실은 시끌벅적했다. 기자
들 때문이었다.

"성매매를 강요당했습니까?"

"화대는 얼마나 착취당했나요?"

"성폭행도 있었습니까?"

"황기수에게 당한 여성은 없습니까?"

질문부터 황당했다. 소위 기자라는 인간들이 질문에서부터 여자들의 인권을 무시하고 있었다. 그들이 원하는 건 자극적인 기사의 소스. 복도에 들어서기 무섭게 들려오는 질문 덕분에 길모의 표정은 일그러져 버렸다.

"지금 뭐하는 겁니까?"

은철이 달려가 기자들을 막아섰다.

"당신은 뭐요? 우린 지금 취재 중입니다."

기자 하나가 눈을 부라리며 나섰다.

기자!

대한민국에서는 권력자에 속한다. 그러니 알아서 기라고 위세 떠는 것이다.

"나 이분들 변호사입니다. 당신을 지금 정신 있습니까?"

은철이 불호령을 쏟아냈다.

"변호사?"

강자는 강자를 알아본다. 기자들의 기세가 꺾이는 게 보였다.

"이분들은 절대 안정이 필요한 사람들입니다. 다들 나가세요."

"이봐요. 안정도 좋지만 국민들은 알 권리가 있어요. 5분이면 됩니다."

젊은 기자는 물러서지 않았다.

"미안합니다. 환자는 절대 안정!"

보고 있던 길모가 나섰다. 길모는 기자들을 밀었다. 숫자가 많았지만 완력이라면 문제없었다. 카메라까지 든 기자들은 행여 카메라 박살 날까 몸을 사리며 복도로 나갔다.

"아, 진짜······."

문을 닫은 길모가 한숨을 쉬었다.

"땡큐, 에너지 한 번 파워풀하네? 관상만 잘 보는 줄 알았더
니······."

은철이 엄지를 세워 보였다.

"왜 이러서? 물장수 하려면 이 정도 체력은 기본이라고."

길모는 머쓱하게 응수했다.

"이제 안심하셔도 되요."

은철이 밝게 말하자 다섯 명의 여자가 담요 밖으로 고개를 내
밀었다. 다들 어렸다. 한 명은 승아 또래로 보일 정도였다.

하지만 세 명은 상태가 심각했다. 온몸에 멍 자국도 있었다.
다른 보도방에 비해 많은 보도비에 대해 따지다 황기수에게 맞
아서 생긴 상처였다. 황기수는 구둣발로 밟기도 하고 심지어는
혁대를 풀어 때리기도 했다고 한다.

무엇보다 큰 건 마음의 상처였다. 감금 생활을 하면서도 보도
방 아가씨로 뛴 이들은 몸이 아파도 제대로 쉬지 못했다고 한
다. 나아가 성매매에 대한 강요도 한두 번이 아니었다.

"기왕 이 길로 나선 거 목돈 쥐고 나가야지. 언제까지 젊을 줄
아냐?"

황기수가 던진 떡밥의 요지였다. 순진하게 그 말을 믿고 성매
매를 한 여자들도 있었다.

"힘내세요. 한국 사람이 다 나쁜 거 아닙니다. 여러분 도우려고 저를 변호사로 선임하고 병원비도 다 대겠다는 분이 있다고 했었죠? 그분이 바로 이분입니다."

은철이 여자들에게 길모를 소개했다.

"노 변……."

당황한 길모가 은철을 바라보았다. 은철은 길모 말에 아랑곳없이 자기 할 말을 계속했다.

"이분이 여러분 치료는 물론 고향의 가족에게 보내야 하는 돈도 6개월간 책임지기로 했습니다. 그러니 여러분은 아무 생각 말고 치료만 열심히 받으세요."

짝짝짝!

여자들이 박수를 쳐 주었다. 힘이 하나도 없는 얼굴들. 그 위에 겹친 공포와 우려. 그런 상황이면서도 고마움을 잊지 못하는 그녀들이었다.

"아, 그런 말은 뭐하러 하는데?"

복도로 나오자 길모가 은철을 다그쳤다.

"뭐가 어때서? 없는 말도 아닌데."

은철은 오히려 길모를 닦아세웠다. 은철은 단지 사실을 말했다. 이른 새벽 윤표를 통해 배달된 거액의 현찰들. 거기에는 길모의 메모지가 들어 있었다.

―일부는 보도방 피해 여성들을 위해 써줄 것.

메모를 읽은 은철은 그 즉시 경찰서로 뛰었다. 보호자 하나 없는 이주 여성들. 그녀들은 경찰의 보호를 제대로 받지 못하고 있었다. 은철은 조사를 받는 여성들까지 죄다 병원으로 보내줄 것을 요구했다. 조사는 그다음에 해도 충분했다. 그녀들은 피의자가 아니라 피해자다. 경찰은 그것조차 구분하지 않고 있었다.

"아가씨들 나라에 알아보니까 가슴이 찡하더라고. 다들 형편이 어려워서 아가씨들이 돈을 보내고 있었어. 보통 월 30만 원에서 50만 원……."

"……."

"고마워, 홍 부장!"

은철이 코맹맹이 소리로 길모를 바라보았다.

"내가 뭐?"

"혜르메프… 점점 자리를 잡고 있어. 여기저기 후원자들이 많이 늘어났거든. 하지만 그 시작은 홍 부장이야. 홍 부장이 아니었으면 지금도 명목만 유지하고 있었을 거야."

"그거야……."

윤호영 덕분이지.

길모는 그 말을 목 안으로 넘겼다. 호영과 마음을 나누던 사이인 노은철이었다. 그러니 불립문자(不立文字), 굳이 수다스럽게 말로 확인할 필요가 없었다.

"고맙습니다."

몸이 성한 여자 셋은 엘리베이터 앞까지 나와 길모를 배웅했다.

"저기… 이거……."

그중 한 여자가 드링크 하나를 내밀었다. 여자는 싼 드링크가 부끄러운지 한없이 고개를 숙였다.

"마셔!"

옆에 있던 은철이 길모의 옆구리를 쳤다. 길모는 드링크를 받아 들었다.

뽁!

마개 돌아가는 소리가 상큼하게 들렸다. 길모는 단숨에 드링크를 비워냈다.

"우와, 끝내주게 맛있네요."

여자가 얼굴을 붉히며 웃었다. 길모는 닫힘 버튼을 눌렀다. 그녀들의 마음에 밝은 미소가 편안하게 내리기를 바라며.

그런데!

막 닫히려던 엘리베이터가 다시 열렸다. 누군가 밖에서 버튼을 누른 모양이었다.

"……!"

고개를 들던 길모의 눈이 휘둥그레졌다.

"같이 갑시다!"

버튼을 누른 사람은 다름 아닌 공재도 기자였다.

"아는 분입니까?"

거울 앞에 선 공 부장이 혼잣말처럼 말했다. 그러자 은철의 시선이 길모에게 건너왔다.

"내 친구입니다."

길모도 혼잣말처럼 응수했다.

"듣자니 변호사시라고?"

공 부장… 아까 몰아낸 기자들과 함께 취재를 나온 모양이었다.

"거 참, 아리송하네. 황기수도 구속되기 직전에 카날리아에 있었다던데……."

"그랬죠."

길모는 담담하게 대답했다.

"황기수는 보도를 전문적으로 하면서 아가씨 공급하는 사람… 카날리아도 술과 여자가 있는 곳……."

"궁금한 게 뭐죠?"

"공통점이 있나 생각하는 거라오."

공 부장은 은근한 미소를 머금고 길모를 돌아보았다.

"황기수 신고한 게 접니다."

길모는 한마디로 그 미소를 싹둑 잘라 버렸다.

"홍 부장님이요?"

공 부장이 놀란 눈으로 돌아보았다.

"검증이 필요하면 경찰에 알아봐도 좋고요."

"그렇다면 관상으로 범죄를 알아냈다 이거로군요?"

그건 당신이 알아서 판단해.

길모는 미소로 그 말을 대신했다.

땡!

시선이 오가는 사이에 엘리베이터가 1층에 멈췄다.

"궁금해서 그러는데 유흥업에 종사하는 사람으로서 도의적인 책임을 느끼고 병문안을 온 겁니까? 아니면 쓸 만한 아가씨 있으면 스카우트하려고 온 건가요?"

공 부장이 뒤에서 물었다.

"정확히 말하면 대한민국 국민의 도리로 온 겁니다."

길모는 엘리베이터에 타려는 휠체어 환자를 밀어주며 대답했다.

"국민의 도리?"

"황기수 파는 건 좋지만 아가씨들은 도마에 올리지 마세요. 술집 아가씨들, 아니 그녀들은 노래방 도우미지만 도우미나 텐프로 종업원이나 다 고달픈 직업이거든요."

"실례지만 두 분은 어떤 사입니까? 홍 부장이 변호사까지 선임했을 리는 없고……."

"친구입니다. 제가 홍 부장에게 코 꿰인 거죠."

대답은 은철이 대신했다.

"친구라……."

"그럼 이만……."

길모는 형식적인 묵례를 남기고 병원 현관을 빠져나왔다.

"기자?"

주차장에서 은철이 물었다.

"응. 우리일보 부장이야."

"썩 호의적인 눈치는 아닌 거 같은데?"

"정치인들 봉황상 좀 봐달라는 거 뻔찌 났거든."

"봉황상이면 대권?"

"관심도 없는 일이고……."

"어이쿠, 이제 보니 대한민국 대통령이 우리 홍 부장 혀 위에 있었군."

"군이 따지면 혀가 아니고 눈이겠지."

"그렇군."

"하지만 나는 진짜 관심 없거든."

"전에 보니까 호영에게도 그런 의뢰가 들어오더라고."

"호영이도?"

"두어 명이 그랬다던데? 돈 보따리 들고 와서 대선 후보 중에 누가 대통령감이냐며……."

"하여간……."

"인간의 호기심을 누가 말리겠어. 그러니까 그냥 즐겨."

"알았어. 마무리 잘 부탁해."

"오케이!"

길모는 시동을 걸어 주차장 입구로 나갔다. 공 부장은 그때까지도 길모 차를 바라보고 있었다. 골똘한 표정이다. 설마 길모 뒤통수를 노리는 걸까? 그렇다면 그는 미몽에 잠겨 있는 것이다.

하지만 길모, 별다른 걱정은 하지 않았다. 그의 아킬레스건을 쥐고 있었기 때문이었다.

*　　　　*　　　　*

홍 마담이 오는 날이었다.

부장들은 그 건에 대해 별 이의를 달지 않았다. 길모가 던진 1억의 떡밥 유효 기간이 가시지 않은 것이다.

텐프로!

게다가 카날리아는 박스 중심의 시스템. 따지고 보면 마담 역할이 크게 중요하지 않았다. 그럼에도 불구하고 대기실 지휘자가 필요했다.

만약 길모가 방 사장처럼 사장 행세를 한다면 필요치 않을 수도 있었다. 하지만 길모는 현역 웨이터로 뛰는 상황. 더구나 카날리아에서는 가장 바쁜 몸. 그러니 아가씨들 사이에 사소한 트러블이라도 생기면 교통정리를 할 수 없었다.

인간의 감정은 복잡 미묘하다. 그까짓 사소한 감정이야 금세 해소될 것 같지만 때로는 그게 얽히고설켜 전체를 불협화음에 빠뜨릴 수도 있었다.

홍 마담은 그래서 필요했다. 그녀는 노련하다. 온갖 손님을 다 겪어본 노하우에 눈치도 빠끔하다. 게다가 가끔은 부장보다 마담을 찾는 손님도 있으니 밥값 정도는 기대할 수 있었다.

"하긴 대기실 반장이 필요하긴 하지. 다국적 애들은 이제 홍 부장이 관리해야 하는데 시간도 없고……."

강 부장은 고개를 끄덕였다.

"그나저나 걔 재주 좋네. 적어도 몇 달은 콩밥 먹고 나올 줄 알았더니."

이 부장도 그리 부정적이지는 않았다.

"아직도 스폰서가 있는 건 아닐 텐데?"

강 부장이 이 부장을 바라보며 고개를 갸웃거렸다.

"스폰서 같은 소리… 듣자니 어디서 기생오라비 하나 잘못 만나서 오지게 당하는 모양이던데……."

이 부장은 냉소를 뿜었다. 세상은 넓으면서도 좁았다. 이렇게 홍 마담의 행적을 알고 있는 것이다. 하지만 다행이었다. 부장들은 홍 마담이 카날리아로 오게 된 상황까지는 모르고 있었다.

"뭐예요? 이 홍숙자가 오는데 대대적인 환영을 해도 시원찮을 판에 이런 데서 역적모의나 하고 있고."

갑자기 사무실 문이 열리더니 홍 마담이 들어섰다. 그녀는 몸매를 드러내는 까만 원피스를 입고 있었다.

"이야, 이게 얼마만이냐?"

먼저 반긴 건 이 부장이었다.

"어이구, 친한 척은… 그래도 얼굴들은 훤하시네. 다들 보톡스 좀 맞으시나 봐."

홍 마담은 소파에 엉덩이를 걸치더니 담배부터 물었다.

"엉덩이는 아직 명품인데?"

옆에 있던 강 부장이 불을 당겨주었다.

"홍숙자 인수분해하면 엉덩이밖에 더 남아요? 옛날에 비하면 푹 꺼졌지만……."

"아무튼 반갑다. 잘해보자."

자리를 털고 일어선 서 부장이 홍 마담의 어깨를 토닥거렸다. 환영의 의미였다.

"뭐 홍 부장이 싹싹 빌길래 온 것뿐이에요. 아가씨들 관리는 빠삭하게 할 테니까 안심하고 뛰세요."

"예, 어련하시겠습니까?"

이 부장은 장난기 어린 목소리로 장단을 맞춰주었다.

"그럼 가서 인사해야죠?"

길모도 소파에서 일어섰다. 곧 손님들이 들이닥칠 시간. 그 안에 상견례를 마치는 게 좋았다.

짝짝짝!

길모와 부장들, 홍 마담이 들어서자 아가씨들은 편한 자세로 박수를 쳐 주었다.

"홍숙자야. 솔직히 나 전성기 때는 너희들 백 명이 와도 모자랐지만 지금은 퇴물이니까 그냥 언니처럼 편하게 지내자. 다른 건 몰라도 하드코어나 은밀한 피아노 연주자, 똥까시 진상, 주물탕, 요플레 같은 거 원하는 인간들 있으면 말만 해라. 즉빵 노하우로 인성 교육시킬 테니까. 물론 다른 진상도 마찬가지!"

홍 마담은 짧고 명쾌하게 인사를 하는 동안 길모의 눈이 바쁘게 돌아갔다.

홍연!

수연!

숙희!

셋이 대상이었다. 혜수가 말한 관상을 확인하는 것이다. 홍연은 좋았다. 다른 때도 그랬지만 더 좋아진 느낌. 수연은 반대였다. 눈동자가 불안한 게 뭔가 사고를 친 게 분명했다.

"......?"

마지막으로 숙희의 상을 읽을 때 길모는 잠시 미간을 찡그렸다. 혜수의 말이 맞았다. 그녀의 눈꼬리 근처에 생긴 반점. 신경쓰이는 자리였다.

그사이에 홍 마담이 인사말을 마쳤다.

"알다시피 요즘 손님이 많이 늘어서 말이야. 방 사장님이 안 나오시니까 홍 마담을 중심으로 잘 지냈으면 한다. 그리고 홍 마담이 자리 비우거나 쉬는 날은 혜수가 대타 역할을 할 거니까 그런 줄 알고 혹시 나한테 직접 말하기 껄끄러운 얘기 있으면 두 사람을 통해서 해주길 바란다."

마무리는 길모가 했다. 뒷말에 혜수를 덧붙임으로써 자연스럽게 위상도 정리되었다. 그동안 아가씨들 신임을 많이 얻은 혜수였기에 별다른 뒷말도 나오지 않았다.

"숙희는 나 좀 보자."

길모는 숙희를 호명했다.

"홍 부장, 잠깐만!"

말을 마친 길모가 먼저 복도로 나올 때였다. 뒤따라 나온 홍 마담이 길모를 불러 세웠다.

"하실 말씀 있으세요?"

"응!"

"자리 옮겨요?"

"응!"

홍 마담은 거푸 고개를 끄덕거렸다.

"숙희는 조금 기다려."

길모는 숙희를 일단 세워놓았다.

"궁금한 거 있으세요?"

"응."

사무실로 자리를 옮긴 길모와 홍 마담. 홍 마담은 세 번째 고개를 끄덕였다.

"그럼 하세요. 숙희도 봐야 하고… 곧 예약 손님들이 올 거거든요."

"다름이 아니고 커밍아웃할 게 있어서."

"커밍아웃요? 레즈비언도 아니면서 무슨."

"한마디로 자수다 이거지 뭐……."

홍 마담이 고개를 숙였다.

"뭔지 모르지만 하세요."

"말하면 용서해 줄 거야?"

'용서?'

이 여자, 아직도 속이는 게 있단 말인가? 짧은 시간, 긴장에 휩싸인 길모가 그녀의 관상을 꿰뚫었다. 깨끗했다. 그녀의 얼굴에는 기만이나 위선이 남아 있지 않았다. 그럼 뭘?

"이거 3천만 원 말이야……."

홍 마담이 통장을 꺼내놓았다. 길모가 직업소개소 남자에게 되찾아준 돈이었다.

"이 돈… 홍 부장이 넣어둬."

"왜요? 뭐가 잘못됐어요?"

"잘못된 건 나지."

"누님……."

"허은경 알지?"

허은경?

당연하다. 그 이름을 잊을 리가 없다. 길모의 살생부에 고이 적힌 이름이 아닌가? 예전, 길모가 돈 좀 벌어보려고 빚까지 내서 스카우트하려던 에이스. 그러나 마이킹 3천을 받아먹고 튀어버린 그 철천지원수…….

"연락돼요?"

길모가 대뜸 물었다. 홍 마담은 순순히 고개를 끄덕거렸다.

"어디 있어요?"

"……."

"어디 있냐니까요?"

"미안해. 다 잘못이야. 그러니 기왕 용서하는 김에 다 용서해 줘."

홍 마담, 느닷없이 무릎까지 꿇었다.

"누님……."

"그때, 내가 은경이한테 시켰어. 돈은 반땅했고……."

"……?"

"그러니까 저 돈 받고 용서해 줘. 이번에 홍 부장 도움받고 나니까 양심에 찔려서 못 살겠더라고. 그래서 커밍아웃하는 거야."

"누님……."

"용서해 줄 거지?"

"아, 진짜……. 어떻게 누님이 나한테……."

"다 그 새끼 때문이야. 그때 눈에 뭐가 씌어서 그 새끼한테 잘 보이려고 차 한 대 뽑아주다 보니 돈이 모자라서……."

홍 마담의 눈에 눈물이 그렁거렸다. 여간해서는 눈물 한 방울 나오지 않는 여자. 그런 여자의 눈에 눈물이 고였으니 순도 100%짜리 진실이 분명했다.

"됐어요. 일이 그렇게 된 거면 그냥 잊어버릴게요."

후우!

기왕 이렇게 된 거…….

길모는 마음 깊은 곳에서 은경에 대한 원망을 내려놓았다.

"용서한 거지?"

"예, 대신 다시는 사람 뒤통수 치지 마세요."

"은경이도 용서한 거고?"

"네!"

"그럼 잠깐만!"

홍 마담은 바로 전화기를 집어 들었다.

잠시 후에 킬힐 소리가 들리더니 문 앞에서 멈췄다. 이어 노크 소리가 났다.

똑똑!

"들어와!"

길모에 앞서 홍 마담의 입이 먼저 열렸다. 문은, 아주 얌전하게 열렸다.

"……!"

길모는 눈을 의심했다. 문 앞에 선 여자는 허은경이었다. 한 때는 길모가 최고의 에이스라고 착각했던 늘씬 쭉빵한 여자.

허.은.경.

*　　　*　　　*

허은경.

원래는 미스코리아 지망생이었다. 서울시 예선전에 나갔지만 간발의 차이로 낙마했다. 그게 그녀의 인생을 유흥가로 밀어 넣었다. 아쉬움을 달래지 못하고 있을 때 기획사 이사를 사칭하는 사기꾼을 만난 게 비극이었다.

"조금만 리뉴얼하면 연예인은 따 놓은 당상……."

처음에는 성형을 권했다. 아무 데서나 하면 얼굴 망치니 자기가 소개하는 곳으로 가라고 했다. 별것 아닌 수술에 2천만 원이 들어갔다. 의사가 명의이고 명품 수술이라 그렇다고 했다.

다음으로 의상비 말이 나왔다. 몸매에 어울리는 옷을 입어야 한다는 게 요지였다. 아무거나 입어도 옷빨 받는다는 말을 듣던 윤정이었지만 거부할 수 없었다. 돈을 주면 이사가 옷을 가져왔다. 이태리에서 명인이 만든 하나뿐인 옷이라고 했다.

옷은 이사가 보는 앞에서 갈아입어야 했다. 뒤를 돌아서긴 했지만 속옷조차 걸칠 수 없었다. 자기가 모르는 흉터라도 있으면 계약 체결 후에라도 거액의 배상을 할 수 있다는 게 이유였다. 그 또한 거부할 수 없었다.

돈이 새기 시작했다.

작지만 알찬 통신 판매로 벌어둔 돈이 바닥을 드러냈다. 정신이 팔리다 보니 통신 판매에도 빨간 불이 켜졌다. 하지만 이미 부어오른 간댕이는 가라앉지 않았다.

코앞!

바로 코앞에 연예인의 세상이 있었다. 스타의 길이 거기 있었다. 텔레비전을 볼 때마다 마음은 조급해졌다. 서울시 예선전에서 보았던 진선미. 그중 둘은 은경 자신보다 못해 보였다. 하지만 선으로 올라간 여자가 본선에서 뽑혔다. 그녀는 그사이에 스타가 되어가고 있었다.

예능에 나와 빈약한 엉덩이를 돌리며 서툰 댄스를 선보일 때마다 은경은 비웃었다. 자기가 저 자리에 서면 모든 시청자의 혼을 빼놓을 자신이 있었다.

마침내 소개비 이야기가 나왔다.

소개비라고는 하지 않았다. 연예인 한 명을 키우는 데 천문학적인 돈이 든다. 그중 8~9할은 계약사에서 대줄 것이다. 하지만 지망생도 의지가 필요하다. 일부라도 대면 같이 가겠다는 의지를 평가받아 끝까지 밀어주는 게 관행이다.

더러 의문이 들기도 했지만 따지지 않았다. 이사는 5천만 원을 요구했다. 그나마 은경의 사이즈가 좋아 적은 편이라도 했다. 알만한 누구누구의 예를 들면서 3억을 낸 사람도 있다고 했다.

돈이 없었다. 부모님께는 이야기할 수 없었다. 고민하고 있을 때 이사가 전화를 걸어왔다.

"소주나 한잔하자."

이사는 여기저기서 프로필을 가져갔다며 금세라도 연예인이 될 듯 분위기를 띄웠다. 동시에 자꾸만 술을 권했다.

"돈 없어도 될 방법이 있긴 한데……"

술이 알딸딸하게 오른 후, 이사가 떡밥을 던졌다.

"너 진짜 운 좋은 거다. 이 스폰서가 너한테 뻑 가서 그렇지 지금 줄 선 애들이 여덟 명이나 되거든. 그중에는 몇 년 전 미스 코리아도 있어."

이사는 은경을 부추겼다. 초조하도록 압박했다.

"잘 모르겠지만 잘나가는 애들, 다 한때는 스폰서 끼고 컸다. 이거 그냥 관행이야."

관행이라고 했다.

돈 많은 남자와 술 같이 마시고…….

눈 딱 감고 한 번 자주는 것.

마음에 들면 1억도 문제없단다. 가장 큰 유혹은 앞으로 이런 저런 프로그램이나 드라마 등의 캐스팅에서도 든든한 뒷받침이 된다는 거였다.

"간단한 조연 정도는 인연 맺고 일주일 안으로도 가능!"

이런 기회 다시는 없다.

이사의 압박에 은경은 걸려들었다. 그날, 술이 제대로 오른 상태로 거사(?)를 치루고 말았다. 아무래도 제정신으로는 할 수 없는 일이었다.

결과는 당연히 좋지 않았다. 이사는 연예지망생의 피를 빠는 사기꾼이었으니가.

"너 처녀가 아닌 거 같다던데?"

이틀 후에 만난 이사가 던진 봉투에는 꼴랑 50만 원이 들어 있었다.

두 번째, 세 번째 작업이 이어졌다. 결과는 처음과 비슷했다.

"네가 완전 통나무 같다고 그러는 걸 난들 어쩌냐? 좀 잘하지 그랬어? 내가 테크닉 좀 가르쳐 줄까?"

은경은 100만 원짜리 봉투를 내놓는 이사의 따귀를 치고 나왔다. 나오는 길에 보니 한 모녀가 이사의 자가용 앞에서 벼르고 있었다. 모녀는 이사가 나오기 무섭게 달려들어 육두문자와 함께 머리를 쥐어뜯기 시작했다. 은경에 앞서 당한 여자인 모양이었다.

상심한 은경은 이따금 들리던 바에서 내내 술을 마셨다. 세상이 싫었다. 그러나… 세상은 싫어도 돈이 필요했다. 고뇌하는 데도 돈은 들어갔다.

정신을 차려 보니 빚도 제법 되었다. 통신 판매 물건값 결제도 밀려 있고 이사의 뒤치다꺼리하느라 빚낸 돈도 장난이 아니었다. 편의점 알바 따위로는 갚을 길이 막막했다.

그녀는 그렇게 유흥업소에 발을 디뎠다. 처음에는 순수한 알바였다. 몸매 되고 얼굴 되므로 텐프로 피크타임만 뛰었다. 더는 뛸 생각도 없었다.

'딱 빚만 갚으면……'

하지만!

그녀도 모르는 사이에 젖고 말았다. 한잔 마시고, 한 남자의 손을 받아들이고 하는 사이에 몸이 유흥에 세팅되어 버린 것이다.

그러나 그녀는 몰랐다.

유득유실(有得有失)!

얻는 게 있으면 잃는 게 있는 법. 나름 유흥 분위기를 가지고 있던 은경은 술을 좋아했다. 오래지 않아 위와 간에 사단이 났다. 그래서 치료차 업소를 쉬고 있을 때 하필이면 길모가 대시를 했다. 돈이 아쉬운 은경은 다소 어수룩하게 보이던 길모의 돈을 챙기고 튀었다. 안면이 있던 홍 마담의 권유도 있었으니 마다할 이유가 없었다.

그 허은경이 지금 길모 앞에 있었다.

"죄송해요."

은경은 고개를 숙였다. 홍 마담은 길모를 바라보았다. 용서를 받았지만 인간은 감정의 동물. 은경의 따귀를 친다고 해도 말릴 수 없는 상황이었다.

길모는 성큼 걸어가 은경의 턱을 들어 올렸다.

"......!"

두 여자가 긴장하는 게 보였다. 홍 마담과 허은경…….

길모는 은경의 상을 꿰뚫었다. 한 번 당하지 두 번 당할 생각은 없었다.

"천오백!"

길모가 짧게 입을 열었다.

"그건 꼭 갚을게요."

은경이 눈을 깔며 말했다.

"당연하지. 계약이라는 건 상황에 따라 변할 수도 있으니까."

"네?"

"놀고 있지?"

"네……."

"나한테 해먹고 두세 군데 더 해먹었네?"

"그때… 엄마가 아프고 내 치료비도 필요해서……."

"위하고 간… 딱 8개월간 치료받았구만."

"……?"

현미경보다 더한 족집게를 들이밀자 은경의 턱이 파르르 떨
었다.

"한 군데는 2천만 원… 또 한 군데는 4천만 원. 내 돈까지 합
쳐서 도합 마이낑이 9천. 맞지?"

"……."

"내 돈도 그렇다만 2천짜리 피해자는 눈에 불을 켜고 칼을 갈
고 있는데?"

"야, 너 다른 데서도 해먹었어?"

듣고 있던 홍 마담이 끼어들었다.

"……."

은경은 입술을 열지 않았다. 열 염치도 없을 일이었다.

"1억!"

"예?"

"새 조건으로 계약한다. 1억!"

"천오백 먹은 죄를 1억 가불로 하자는 건가요?"

은경의 표정이 어두워졌다.

"맞아."

"……."

"그중에서 내 마이낑 천오백에 이자 더해 2천 까고, 칼을 가는 2천도 내가 직접 해결한다. 네 통장으로는 6천이 들어갈 거야. 불만 없지?"

"부장님!"

울상을 짓던 은경의 눈이 동그레졌다. 6천만 원을 준다는 소리가 아닌가?

"혹시 홍 누님에게 내가 관상 좀 본다는 소리 들었나?"

"네. 귀신이라고……."

"상이 맑아져서 인연 맺는 거야. 그러니 딴생각 말고 여기서 한 밑천 잡아서 나가. 그 정도 벌 능력 없으면 내보내 줄 테니까 걱정 말고."

"고마워요."

"사인해!"

길모가 계약서를 내밀었다.

100,000,000원!

계약서에 쓰인 금액은 정말 1억이었다.

"난 1억 가치도 없는 에이스는 필요 없거든."

길모는 그 말을 강조했다. 거기에는 두 가지 생각이 있었다.

1억!

잘나가는 텐프로 에이스라면 그 정도는 받아야 한다. 1~2천만 원 받고는 에이스라고 할 수 없기 때문이었다. 동시에 은경의 프라이드도 높여주었다. 넌 1억짜리니까 가치에 맞게 굴라는 속내가 서린 것이다. 한 번 뒤통수를 치고 간 여자.

그럼에도 이런 호조건을 내거는 건 그녀의 관상 때문이었다. 마음을 고쳐 먹은 탓인지 상이 좋았다. 당장 투입해도 에이스들에게 밀리지 않을 상. 게다가 카날리아 아가씨들에게 없는 나른한 매력을 가지고 있어 길모의 돈줄이 될 것 같았다.

그렇다면 투자하는 수 밖에!

"홍 부장님……."

은경의 눈가에 이슬이 맺혔다.

"그리고 한 가지는 명심해. 여기서는 2차 없어. 우리 아가씨들은 전부 룸 안에서 연예인이야. 그러니 혹시라도 몸 굴릴 생각이라면 지금이라도 돌아서서 나가."

"부장님……."

은경은 결국 울음을 터뜨리고 말았다. 유흥가 전과(?) 때문에 갈 곳이 마땅치 않았던 그녀. 길모가 아가씨를 챙겨준다는 소문 하나만 믿고 홍 마담을 따라온 길이었다.

몇 대 때리면 맞을 생각이었다. VIP 손님을 불러 2차를 나가래도 따를 판이었다. 그런 차에 인간적인 대우를 받으니 감정이

북받쳐 올랐다.

"가서 내일 출근 준비하고 그 이사라는 놈 신상 적어놓고
가."

"알았어요."

은경은 전화번호부터 차 번호, 아파트 주소까지 아는 모든 걸
적어놓았다.

"내일 눈 뜨면 여기부터 가. 사이즈는 자연산이라 좋지만 좀
다듬어야 할 것 같아. 실비만 받는 곳이니까 돈 걱정 말고."

길모는 은경에게 체인징 성형외과 명함을 건네주었다.

"홍 부장……."

은경이 나가자 이번에는 홍 마담이 코를 훌쩍거렸다.

"아, 진짜… 출근 첫날부터 그래가지고 아가씨들 잡겠어요?
빨리 나가서 애들 좀 챙겨요."

길모는 괜히 목소리를 높였다.

"진짜 홍길모 뭐 잘못 먹었냐? 왜 이렇게 멋있어졌대?"

홍 마담은 눈물을 닦으며 복도로 나갔다.

다음은 이숙희 차례였다. 복도에서 기다리던 그녀는 홍 마담
이 나가자마자 바로 들어섰다.

"부장님……."

"거기 편하게 앉아."

"네."

"뭐 마실까?"

"아뇨. 아까 부장님이 가져다 둔 음료수 마셨는걸요."

"궁금한 게 있어서 불렀어."

"네. 말씀하세요."

숙희, 방긋 웃고 있지만 그 미소는 자연스럽지 않았다.

"애인 생겼네?"

"네?"

"나쁜 뜻으로 그러는 거 아니니까 솔직하게 대답해."

"……"

"겁먹지 말라니까. 내가 관상 좀 보는 거 알지?"

"그거 모르면 간첩이죠."

"실은 혜수에게 들은 일인데 숙희 관상에 좀 이상이 생긴 거
같다고 해서 확인하려는 거야."

"제 관상이요?"

"내가 봐도 그래."

"……"

"애인 있는 거 맞지?"

"네. 하지만 우리 손님은 아니에요."

"그건 상관없고. 한 가지만 물을게. 유부남이야 아니야?"

"유부남 아니에요."

"둘이 같이 살아?"

"……"

"관상에 그렇게 써 있어. 중요한 일이기도 하고……."

"그게 생활비도 덜 들고 데이트비도… 부모님들께 허락도 받았으니 곧 식 올릴 거예요."

"사진 있지? 좀 보여줘 봐."

"안 좋은 건가요?"

숙희가 조심스레 물었다.

"미안하지만 그런 거 같아."

길모는 핸드폰을 받아 들었다. 그리고 바로 소리 없는 한숨을 쏟아냈다.

'젠장할!'

남자의 상은 숙희의 반점에 제대로 화답하고 있었다. 눈꼬리 근처에서 파닥거리는 거무튀튀한 반점…….

"둘이 설마 부모님들 몰래 혼인신고 같은 거 한 건 아니지?"

"했는… 데요."

"뭐야?"

길모 얼굴이 벼락처럼 솟구쳤다.

이런 미친!

"장호야, 강 부장님 좀 모셔 와라. 빨리!"

길모가 복도에 대고 소리쳤다.

"부장님, 왜 그러는 건데요?"

숙희가 울상을 한 채 물었다. 그사이에 강 부장이 들어섰다.

"무슨 일이야?"

"형님, 보험회사 아는 사람 많죠? 지금 당장 숙희 앞으로 생명보험 하나 들어주세요."

"보험?"

"아니, 한 명 보내달라고 하세요. 효력은 계약 즉시 발생하는 걸로 하고요."

"그러지 뭐. 그게 뭐 어렵다고……."

강 부장을 복도로 나가며 전화를 걸었다.

"부장님……."

"아무 소리 말고 가입해."

"우리 그이가 죽는 건가요?"

"……."

"부장님……."

"마음 단단히 먹어."

길모는 숙희의 마음을 달래주었다.

머잖아 보험사 직원이 달려왔고, 숙희는 보험계약서에 지장을 찍었다. 손님을 맞이하기 위해 1번 룸으로 들어선 길모는 그 제야 깊은 한숨을 쉬었다.

눈꼬리 부근에 올라온 손톱만 한 검은 반점.

흉상 중의 흉상이었다.

이런 반점이 뜨면 젊은 나이에 배우자를 잃을 확률이 무지막 지하게 높았다. 그건 길모도 막을 수 없는 일이었다.

게다가, 뜻밖의 금전 독박까지도 쓸 상.

'그나마 보상금이라도 챙겨 살 길을 찾는 수밖에!'

"예약 손님 도착했어요."

혜수가 빈 룸을 열고 들어섰다. 혜수는 마음이 편치 않았다. 처음 숙희의 흉액을 발견한 혜수. 좋지.않을 것 같다는 생각은 했지만 길모의 행동을 보니 그보다 심각하다는 걸 안 까닭이었다.

"괜찮아요?"

혜수가 물었다.

"그럼!"

신묘막측 길모. 좋게 생각하기로 했다. 그렇게 보면 오늘 두 여자를 구했다. 한 사람은 절망에서 건져 내고 또 한 사람은 대책 없는 절망에 빠질 찰나에 절반의 조치를 해준 셈이었다.

길모는 혜수를 향해 엄지를 세워주며 복도로 나왔다. 그건 혜수가 길모의 미션을 통과했다는 의미였다.

제8장

천벌 대행자

기다리던 손님이 왔다.

천 회장이 추천한 그분이었다.

이름은 반태종. 나이는 48세로 보였다. 이른 시간이 아님에도 불구하고 반태종은 술 냄새가 없었다. 전작이 없었다는 얘기였다. 동행자는 한 명. 행동으로 보아 친구로 보였다.

"모시게 되어 영광입니다. 천 회장님께 말씀 많이 들었습니다."

길모는 인사에 이어 명함을 꺼내주었다. 하지만 반태종은 명함을 내놓지 않았다.

"술은 뭘로 드릴까요?"

길모가 묻자,

"천 회장님이 드시는 걸로 줘요."

반태종은 겸손하게 대답했다.

"아가씨는 초이스를 하시겠습니까? 아니면 추천을 받으시겠습니까?"

"번거로우니까 괜찮은 아가씨로 둘 부탁해요."

막 분주해지기 시작하는 카날리아. 초이스를 하지 않는다니 그마나 일손을 덜었다. 길모는 아가씨 선택권을 혜수에게 주었다. 혜수는 하던 대로 승아를 데리고 입실했다. 다른 때와 다른 건 홍 마담이 따라 들어와 인사를 올린 것뿐이었다.

"관상대가라기에 도사님처럼 생겼을 줄 알았는데 생각보다 너무 젊으신데요?"

반태종, 술을 받아 들더니 차분하게 말문을 열기 시작했다.

"언론 때문이죠 뭐. 사실 별 실력도 없습니다."

길모는 공손히 답했다.

"천 회장님이 괜한 말씀하실 분이 아니죠. 그렇게 겸손하지 않으셔도 됩니다."

"회장님은 워낙 저를 좋게 보시다 보니……."

"그런 정도가 아니라 생명의 은인이라고 하던데요?"

"아휴, 그건 진짜 과찬입니다. 그냥 건강에 도움말 몇 번 드린 정도입니다."

"제 관상은 어때요? 1번 룸에 들어오면 술보다 관상이 맛있다던데?"

"선생님 관상은 좋으십니다. 시원하시고……."

길모는 기본 인사로 대신했다.

"이거 술을 너무 싼 걸 시켰나?"

"그럴 리가요."

"이 친구야. 복채를 내놓아야지."

앞에 앉은 친구가 한마디 거들고 나섰다.

"아이코, 저런. 내가 그걸 잊었군. 관상룸에 들어오면 만사 해결인 줄 알고 넋이 나가서 말이야."

반태종이 지갑에서 수표를 한 장 꺼내놓았다. 그때 장호가 노크와 함께 문을 열더니 신호를 보내왔다. 다른 룸에서 기다리는 손님이 밀렸다는 의미였다.

"복채는 필요 없고요, 사실 선생님 파트너인 혜수가 남자 관상은 더 잘 본다죠. 저는 잠깐 주문 좀 받고 올 테니 한 번 시험 삼아 보고 계시죠."

길모는 공을 혜수에게 넘기고 복도로 나갔다.

"자네도 관상 봐?"

반태종이 혜수를 돌아보았다.

"잘 부탁드립니다."

혜수는 생글거리며 묵례로 답했다.

"이야, 여기는 아가씨들도 전부 관상가들인 모양이네. 이거 얼굴 조심해야겠는걸."

반태종의 친구가 술을 홀짝 들이켰다. 척 봐도 분위기 메이커로 따라온 부록이 분명했다.

"그럼 한 수 부탁드립니다. 관상가님!"

반태종이 혜수를 향해 꾸벅 인사를 했다.

"다는 못 보고요, 몇 가지 찍어드릴 테니 골라보세요. 돈 문제, 여자 문제, 승진 문제……."

"내가 여자 문제도 있어 보이나?"

반태종이 웃었다.

"손님들이 좋아하셔서요. 젊은 애인 하나 생기면 좋겠다고 노래하는 분 많거든요."

"나는 그냥 돈으로 하지."

돈!

반태종의 선택은 그것이었다.

"어디 봐요. 돈이 붙을 상인가 아니면 떨어지는 상인가?"

혜수는 민망하지 않도록 주의하며 반태종의 상을 살폈다. 관상을 보려면 얼굴을 봐야 한다. 하지만 밀폐된 방에서 지척에서 마주하는 얼굴은 더러 민망한 느낌을 주곤 했었다.

"어머, 전택궁에 재산궁까지 좋아요. 선생님은 부자시네요."

"그래?"

"정말이에요. 이런 관상도 드물걸요?"

"뭐 좋다니 좋군. 내 술 한 잔 받지."

반태종이 술병을 집어 들었다. 혜수는 얌전히 잔을 받았다.

"혹시 관상으로도 일 년 운을 볼 수 있나?"

"그럼요. 가능하죠."

"나는 어때? 올해 운⋯⋯."

반태종의 얼굴이 정지되었다. 혜수는 방글거리며 상을 읽었다.

'마흔여덟⋯⋯.'

혜수는 유년운기부위를 바라보았다. 마흔여덟이면 준두의 끝. 어딘가 찜찜한 느낌이 있긴 하지만 길모처럼 정확하게 읽어 낼 능력은 없었다.

"올해 변화가 좀 있을 거 같네요."

혜수, 곰곰 생각한 끝에 두루뭉술한 결과를 내놓았다.

"좋은 쪽인가? 아니면 나쁜 쪽인가?"

"조금 안 좋아 보이지만 오래가지는 않을 거예요. 걱정 안 하셔도 되겠어요."

이번에도 혜수는 중간을 택했다. 상에서 읽히는 느낌은 부정적이지만 상대는 처음 온 손님. 괜한 느낌을 다 까발려서 기분을 망칠 필요는 없는 일이었다.

1번 룸에서 나온 길모는 우선 4번 룸에 들렀다. 4번 룸의 VIP는 부장검사 일행이었다.

"우리 중에 누가 먼저 지검장 달 것 같아요?"

그들의 관심사는 평범했다. 길모는 세 부장검사의 관록궁으로 눈을 옮겼다. 검사들은 제대로 보라는 듯 미동도 하지 않았다. 매번 느끼는 거지만 길모를 인정하는 사람들은 말을 잘 들었다.

눈을 깜박이지 마세요, 하면 몇 분 동안 참는 사람도 있었고, 똑바로 보세요, 하면 로봇처럼 있는 사람도 있었다. 그때마다 먼 옛날의 대통령 이발사를 떠올렸다.

'내가 대통령보다도 높다.'

이발사가 한 후일담이다. 제아무리 강철 같은 대통령도 이발사의 지시를 따른단다. '움직이지 마세요' 하면 군소리 없이 말이다.

이발을 하면 일주일이 행복하다. 그 만족을 위해 몇 분 정도는 투자할 수 있다.

그렇다면 관상은?

일주일이 아니다. 어쩌면 평생이 될 수도 있었다. 그러니 착한 아이가 되는 것도 이해가 되는 일이었다.

관록궁. 12궁의 하나다.

당연히 출세와 명예운을 보는 곳이다. 위치는 이마의 한가운데 부위다. 관록궁이 풍성하고 맑으면 집단에서 뛰어난 존재로 부각될 수 있다.

그럼 출세는 관록궁만 좋으면 되는 걸까? 당연히 아니다. 그렇기에 출세운을 보는 것도 얼굴 전체의 기세가 중요하다.

우선 눈이 꼽힌다. 제아무리 관록궁이 좋아도 눈의 격이 떨어지면 곤란하다. 수려한 눈은 관록궁에 있어 필수불가결한 조건으로 꼽히고 있다.

다음으로 명궁이다. 명궁은 선천적 운명자리라 하여 제3의 눈이라고도 불린다. 명궁은 자기 신상에 예기치 않은 일을 반영하고 있기 때문이다.

나아가 천이궁 역시 고려의 대상이다. 천이궁은 직장의 이동이나 변동, 이사 운 같은 것을 반영한다. 이 부위에 흉터나 상서롭지 않은 반점이 보이면 변동수가 잦다.

눈 얘기는 앞서 언급했지만 조금 더 부연하자면, 눈의 기색에 따라 관재구설수를 부르기 때문이다. 관재구설이 무엇인가? 바로 재앙이나 사고다. 그중에서도 눈의 실핏줄이 검은 눈동자를 범하는 게 가장 꺼리는 상이다.

명궁이 북극성처럼 빛나고, 관록궁에 훨훨 불이 붙었다고 해도 눈동자에 붉은 핏줄이 뻗치면 끝이다.

출세고 명예고 다 물 건너가는 것이다.

"어떻습니까?"

검사들은 꼬박꼬박 존칭을 썼다. 이 부장에게도 하대를 밥 먹듯이 하는 권력을 가진 사람들. 그럼에도 불구하고 자기 운명을 들여다보는 길모에게는 함부로 하지 않았다.

"백중지세(伯仲之勢)로군요!"

골몰하던 길모가 마침내 입을 열었다. 물론 정답은 아니었다. 길모가 보기에 가운데 앉은 검사의 관록궁이 좋았다. 이름은 이지광. 적어도 3년 안에 승진할 상이었다. 이어 5년 안에 대운을 만날 상. 단점은 자기 주관이 뚜렷하지 않다는 것. 반대로 말하면 상명하복에 충실하다는 의미기도 했다.

하지만 그런 것들은 길모에게 별로 중요한 일이 아니었다. 그러니 세 사람 다 기분을 맞춰주는 것. 그게 이 방에서는 명관상 대가의 역할이었다.

"백중지세라고요?"

가운데 앉은 검사가 먼저 반응을 보였다.

"에이, 이러면 열심히 일한 사람이나 비빈 사람이나 똑 같다는 얘긴데?"

길모 옆의 검사는 볼멘소리를 냈다.

"어허, 관상박사께서 그렇다면 그런 거지 뭘 그리 말들이 많나?"

마지막 검사는 이래도 좋고 저래도 좋다는 표정이었다.

"그건 그렇고… 기왕 봐주는 김에 이것 좀 봐주시죠."

가운데 검사가 서류가방에서 노트북을 꺼내 들었다.

"이 부장, 술 마실 때도 업무 노트북 들고 다녀?"

마지막 검사의 핀잔이 작렬했다.

"웬 핀잔이야? 다들 이 사건 안 맡으려고 뺀질거린 주제에."

"그러니까 술 마실 때라도 잊으라, 이거잖아?"

"위에서 하도 조지는데다 전방위 압력이 들어오는 통에 수사도 겉핥기잖아? 그래서 그냥 점 보듯이 한 번 물어보는 거야.

이지광이 바로 화면을 띄워놓았다. 화면에는 국회의원 사진 14장이 떠 있었다.

"신문이나 방송에서 들었죠? 정치자금 대려고 비자금 마련한 거에 수사 들어가자 차에 탄 채 바닷물에 뛰어들어 자살했다는⋯⋯."

"아, 예."

길모는 가볍게 대답했다. 요즘 시끄러운 사건이긴 하지만 길모는 그런 것에 신경을 쓸 여유가 없었다. 그래서 어렴풋이 알고만 있는 사건이었다.

"이게 그 양반 차에서 나온 명함 뒤에 적힌 뇌물리스트 국회의원들이에요. 다들 오리발 전문인데 누가 거짓말 잘하는 관상인지, 뇌물 먹는 거 밝힐 관상인지 좀 봐줘요."

"⋯⋯."

"괜찮아요. 조사는 거의 다 끝났어요. 뇌물 먹는 게 관상에도 나오나 궁금해서 그래요."

조사가 끝났다. 그 한마디에 길모의 부담이 줄어들었다. 길모는 의원 나리들을 쭉 훑어보고는 말을 이었다.

"폭식가들이네요."

길모는 한마디로 대답했다.

"예?"

"다들 밝히는 분들이에요. 천만금을 줘도 마다할 관상이 아닌데요."

"푸하핫, 역시 국회의원 놈들이란……."

마지막 검사가 배를 잡고 웃었다.

"그럼 제일 뺀질이가 누군지도 알 수 있나요?"

이지광이 물었다.

"관상학적으로는 이분이 그런 상에 속합니다만 이런 판단은 실물을 앞에 두고 보지 않으면 장담하기 어렵습니다."

길모가 짚은 마창룡 의원이었다. 그의 산근에 서린 가로 주름 때문이었다.

"마창룡 의원?"

길모가 한 의원을 짚자 이지광의 눈이 휘둥그레졌다.

"그것도 맞춘 거야?"

옆에 있던 검사가 물었다.

"귀신이시네. 이 인간, 의원만 아니면 끌어다가 쪼인트라도 까고 싶을 정도였다니까. 키는 난쟁이 똥자루만 한 게 말이야 금세 뽀록날 일도 어찌나 진지하게 둘러대든지……."

"아, 그 열 받았다는 전화 질문?"

"그래. 일면식도 없다더니 증거 들이대니까 잠깐 만난 거라 기억에 없었다질 않나, 말 한마디 안 나눈 사이라더니 통화 기록 뒤져 보니 자그마치 130번이나 통화를 했지 않나? 그런데도 의례적인 인사를 나눈 거라니… 욕이 다 나오더라고."

"이야, 관상왕으로 불리실 만하네?"

마지막 자리의 검사가 엄지손가락을 세워주었다.

"그나저나 그 베타 600은 확인된 거야?"

마지막 자리의 검사가 이지광을 돌아보았다.

"제보 들어온 건데 준 놈은 거기에 돈을 담아주었다고 하고 받은 놈은 그런 적 없다는 거야. 받은 놈들의 18번이잖아."

그때 이지광의 전화기가 울렸다.

"이크크, 또 윗선 압박 시작이시군."

이지광은 서둘러 배터리를 빼버렸다.

길모는 가벼운 묵례를 남기고 4번 룸을 나왔다. 발걸음이 빨라졌다. 한 룸에 3분만 잡아도 자칫 30분은 우습게 지나갈 판이었다.

서 부장의 7번 룸에는 보석 사업가들이 포진하고 있었다. 각자 수입을 원하는 보석과 관상이 매치되는지를 궁금해했다.

그 룸에 은수연이 있었다. 민선아가 데리고 들어온 걸까? 아니면 운이 좋았던 걸까? 사업가들의 상을 읽어주면서 간간히 수연을 돌아보았다. 수연은 눈이 마주칠 때마다 고개를 숙였다. 찔리는 게 있는 눈치였다.

'허얼, 도둑질을 했군.'

사업가들 관상과 함께 수연의 흉액도 짚어냈다. 기색을 보니 두 달 전부터 3회. 길모는 복도로 나오며 서 부장에게 신호를 보냈다.

"왜?"

따라 나온 서부장이 물었다.

"혹시 최근 두 달간 손님들 중에 뭐 잃어버렸다는 분 없으신 가요?"

"어? 그거 어떻게 알았어? 내가 그냥 넘긴 건인데……."

"어떤 일인지 좀 말씀해 주세요."

"뭐 큰일은 아니고… 사업하시는 분이 우리 룸에서 술을 마시고 갔는데 다음 날 보니 수표가 한 장 비더라는 거야. 천만 원짜리인데 말하기 조심스럽다고……."

"그래서요?"

"그분도 확실치 않다고 해서 그냥 이해하고 넘어갔어. 왜? 무슨 일이 있어?"

"그때 아가씨는 누구죠?"

"어디 보자… 둘이 와서 마셨는데? 선아 지명이라 선아하고… 아, 은서! 은서였어."

민선아와 채은서!

'응?'

그렇게 되면 아귀가 맞지 않았다.

'내가 잘못 봤나?'

길모가 고개를 갸웃거릴 때 룸으로 가던 서 부장이 걸음을 멈추며 말했다.

"아, 내 정신… 그때 선아가 8번 룸에 또 다른 지명이 있어서 갔다가 탈이 나는 바람에 선아 대신 은수연이 들어갔지."

서 부장은 그 말을 남기고 9번 룸으로 들어갔다.

'그랬군.'

잠시 혼란스럽던 머리에 안개가 걷혔다. 하지만 기분은 명쾌하지 못했다. 잠시지만 길모는 자신의 관상이 틀리기를 바랐다. 함께 일하는 아가씨를 의심하는 게 좋은 일은 아니기 때문이었다.

"좀 늦었습니다."

길모는 잠시 숨을 돌리고 1번 룸으로 들어섰다. 반태종은 혜수와 함께 즐겁게 웃고 있었다. 혜수가 봐준 관상에 그럭저럭 만족하는 모양이었다.

"앉아요. 이거 처음 왔다고 너무 박대하는 거 아니죠?"

반태종이 슬쩍 눈치를 보내왔다.

"그럴 리가요. 천 회장님 지인이신데……."

"아, 이거 슬슬 술이 제대로 오르네."

반태종이 자리에서 일어섰다. 혜수는 함께 일어나 화장실을 안내했다.

"에이, 기왕이면 같이 들어가야지."

친구가 짓궂은 농담을 날려 왔다. 하긴 전혀 없는 말도 아니었다. 손님들 중에는 화장실에서 오바이트를 하는 사람도 많다. 그렇게 되면 보조나 아가씨들이 들어가 뒤처리를 맡는다. 알고 보면 템프로 아가씨들은 비위도 좋아야 한다.

"어, 시원하다."

잠시 후에 나온 반태종의 얼굴에 물기가 가득했다. 세수를 한 모양이었다.

"한 잔 받으세요."

혜수가 술병을 들자 반태종이 그 손을 막았다.

"복채 앤드 팁!"

반태종은 혜수의 손에 백만 원 수표 한 장을 쥐어주었다. 승아에게도 그랬다.

"수고했어. 난 홍 부장하고 잠깐 할 얘기가 좀 있어서……."

나가달라는 얘기였다. 눈치 빠른 혜수는 승아와 함께 인사를 하고 일어섰다.

그런데 그녀들을 따라 반태종의 친구도 일어섰다. 말리지 않는 걸 보니 사전에 이미 입을 맞춘 모양이었다.

"아가씨들이 실수라도?"

감이 오지만 길모는 태연하게 둘러 물었다.

"아뇨. 아가씨들은 최고였어요."

반태종이 술병을 들었다.

"그럼……."

"한 잔 받아요."

반태종은 긴 말 않고 술잔부터 채웠다.

"혜수라는 아가씨가 관상을 조금 보는 것 같던데 내가 재미로 관상 보러 온 건 아니고……."

반태종이 봉투 하나를 꺼내놓았다.

"실은 내가 중대한 관상을 좀 부탁하려고요."

길모를 주목하는 반태종의 눈에도 비장미가 서리기 시작했다.

살짝 입이 벌어진 봉투 틈으로 수표가 엿보였다. 무려 1억짜리였다. 꼼짝 마. 수표가 말을 하는 것 같았다.

천 회장의 부탁을 받을 때부터 살짝 켕기기 시작하던 손님. 그가 마침내 딜을 감행했다.

청탁과 부탁!

한 글자 차이다. 글자에 숨겨진 의미는 하나뿐이다. 주체가 누구냐는 것. 즉, 내가 하면 부탁이고 남이 하면 청탁이다.

도와 돈!

이 또한 그렇다. 단지 받침 하나 차이다. 하지만 때로는 도가 돈이 되고 돈이 되기도 한다. 길모는 수표를 그대로 밀어주었다.

"천 회장님 지인이신데 복채는 필요 없습니다."

"아닙니다. 그만큼 중요한 일입니다."

반태종은 뜻을 굽히지 않았다.

"정 그러시면 여기다 기부를……."

길모는 대안으로 헤르프메 명함을 내밀었다.

"자선단체?"

"그냥 자선단체가 아니라 억울하고 힘이 없어 당한 사람을 구제하는 기관입니다."

"홍 부장이 이런 일도 겸하고 있습니까?"

"친구가 하는 일에 팁이나 보태고 있을 뿐입니다."

"그럼 이 봉투는 여기다 기부를 해드리지요. 홍 부장님 이름으로."

"그건 뜻대로 하셔도 됩니다. 이름보다 돈이 중요하니까요."

"그러니……."

반태종은 또다시 봉투 하나를 꺼내놓았다.

"하나는 받으십시오."

"선생님……."

"내 명함입니다."

반태종은 그제야 명함을 꺼내놓았다.

〈제국전산 상무이사 반태종.〉

금박의 명함 위에서 이름 세 글자가 반짝거렸다.

제국전산…….

어디서 들었을까? 길모의 귓전이 간지럽기 시작했다.

"아까는 보는 눈과 귀가 있어 대충 넘어갔습니다. 나, 제국전산 상무 반태종입니다."

사람은 자리가 있다. 자리가 그 사람을 말한다. 그냥 보통 명사로서의 선생님이었던 고객과 중견건설업체의 상무이사는 목소리부터 다르게 나왔다.

"아, 예……."

"방송 들었죠?"

방송!

4번 룸에 이어 또 방송이 화두다.

"아시겠지만 우리 사장님이 비자금 조성과 로비 사건에 연루되어 검찰 조사를 받은 후에 자살을 했습니다."

"……?"

자살!

조금 전에 검사들이 말하던 사건…….

"거기서 메모가 나왔는데 국회의원 14명을 적시하고 있습니다. 그것 때문에 검찰수사가 전방위로 확대되면서 사장님을 최측근에서 모시던 내가 타깃이 될 분위기입니다."

"……."

"솔직히 사장이 죽었는데 내가 뭘 하겠습니까? 하지만 검찰이 저렇게 나오면 아무래도 누군가 희생양으로 삼을 게 뻔하기에 그 일을 상의하려고……."

검찰!

저 옆 룸의 이지광 일행을 말하는 모양이었다. 그리고 보면 세상은 참 좁았다. 이 사건을 맡은 부장검사와 고작 룸 몇 개를 사이에 두고 손님으로 앉아 있는 사람들. 그러면서 정작 그 자신들은 꿈에도 모르고 있는 상황.

"어떻습니까? 내가 올해 교도소에 갈 상입니까? 천 회장님 말씀이 홍 부장이라면 올해가 아니라 십 년 후의 일까지도 꿰고 있을 것이라기에 염치없이 선을 대었습니다."

"……."

"길을 알려주십시오. 자칫하면 내가 덤터기를 쓰게 생겼습니다."

반태종이 공손히 고개를 숙였다. 이 순간은 그도 4번 룸의 검사들처럼 착한 소년처럼 보였다. 길모의 처분만 기다리는…….

길모와 반태종, 두 시선은 허공에서 만났다. 그때 길모 주머니의 전화기가 진동을 울려댔다.

"잠깐만 실례하겠습니다."

길모는 전화를 핑계로 복도로 나왔다.

전화를 건 사람은 김대욱이었다. 과일과 식료품을 가지고 왔다가 얼굴이라도 보려고 건 모양이었다.

"장호야!"

김대욱에게 고마움을 표시한 길모는 그가 건네준 사과를 한 입 베어 물며 장호를 불렀다.

[예, 형…….]

"제국전산 검색 좀 해봐라."

길모의 지시를 받은 장호의 손가락이 검색어를 눌러댔다.

제국전산, 비자금 파문!

정치권 발칵 뒤집혀!

관련 의원들 일제히 오리발!

고상준, 검찰 수사 이후에 자살!

몇 가지 제목들이 길모의 시선을 끌었다.

[제국전산은 왜요?]

"1번 룸 손님이 거기 상무란다.

[에?]

"비자금이 얼마냐?"

[언론에서는 800억이라고……]

"밝혀졌냐?"

[검찰 수사 중이라고 나와요. 자세한 건 고상준 사장이 아는데 자살하는 바람에 애를 먹고 있다고……]

"알았다. 룸에다 새로 들어온 과일 한 접시씩 서비스로 돌려라."

[전부 다요?]

"그야 당연하지. 다 소중한 고객들인데."

[알았어요.]

장호는 대답을 남기고 주방으로 뛰었다.

'어째 찜찜하더라니……'

길모는 고개를 들었다.

"도와 돈은 둘이 아니다."

모상길의 말이 스쳐 갔다.

도돈불이. 맞으면서도 맞지 않는 말. 돈은 때로 도보다 높은 곳에 군림한다던 말.

'자네는 넓고 깊은 관상을 이룬 사람. 그러니 그 정도는 당연히 통제하리라 믿네.'

그 말을 하는 모상길의 눈은 안으로 깊었다. 길모에 대한 바람과 기대가 고스란히 깃든 시선이었다. 길모는 그 말을 곱씹으며 조용히 룸 문을 열었다.

"홍 부장⋯⋯."

간절한 시선을 받으며 길모는, 봉투를 챙겼다. 관상을 봐주겠다는 의미였다. 돈의 부담과 정면승부를 내겠다는 뜻이었다.

"고개를 들어주시겠습니까?"

길모가 마침내 입을 열었다. 관상으로 가는 것이다.

그의 초년 운은 썩 좋았다. 좋은 부모 밑에서 자라 좋은 학교를 나왔다. 수려한 이마가 그것을 말하고 있었다. 눈도 좋았다.

전체적으로는 사업가보다 직장인 스타일이었다.

우선 위쪽 눈꺼풀의 눈머리선에 둥근 곡선이 깃들었으니 협조성을 타고났다. 거기에 작고 가는 코끼리 눈이니 계획성이 치밀한 상. 얼굴 전체가 균형이 잡혀 있으니 업무 처리에 유연성을 겸비. 머리 측면에 붙은 귀라 기동성이 있으니 상사의 지시를 행하는데 신속하고 입술에 세로줄이 또렷해 정도 많고 상하관계도 원만해 보였다.

그러나 장점이 많으면 단점도 반드시 있는 법.

콧기둥이 살짝 깎여 나갔으니 투쟁심이 부족하다. 나아가 귀가 말랑말랑해 보여 마음이 모질지 못함을 대변하고 있었다.

마지막으로 운은 하강세였다. 무엇보다 뾰족한 턱이 그랬다. 운이 점점 쇠퇴하는 것에의 반증이었다.

여기까지 확인한 길모는 물을 한 잔 마셨다. 물맛은 시원했다.

"어떻습니까?"

반태웅의 목소리에는 초조함이 깃들어 있었다. 길모는 소리 없이 컵을 내려놓았다.

"아직 끝나지 않았습니다."

"……."

길모는 다시 시선을 들었다. 반태웅은 고개를 들었다.

돈!

이번에는 돈이었다.

길모는 반태웅의 재백궁에다 시선을 쏘았다. 어찌나 강한지 코가 탈 것 같았다.

준두!

금갑!

"……?"

그의 '돈줄'을 확인하던 길모, 가만히 숨을 멈췄다. 길모는 반태웅 모르게 유년운기부위를 체크했다.

당 48세.

'그렇다면 준두의 하단……'

다시 코로 옮겨가는 길모의 눈동자. 거기서 길모는 좌우 뺨을 살폈다. 그리고… 그보다 더 오래전인 중정의 허리까지 더듬었다.

'10년 전!'

반태웅의 금고에 돈이 들어오기 시작했다. 덕분에 그의 재복궁에 찬란한 서광이 새겨졌다. 서광의 기세로 보아 천문학적인 돈. 하지만, 그건 진짜 서광이 아니었다. 황금빛이 나지만 사실은 버려진 볏짚 색에 불과했던 것.

'물과 기름……'

금고의 돈은 두 가지로 나뉘었다. 그렇다면 재복궁에 남의 돈까지 보관하고 있다는 뜻이었다.

그런데,

이게 웬일까? 그 돈은 아직도 반태웅의 금고 안에 있었다. 서광의 기세로 보아 분명했다.

그 결과 준두와 금갑은 제법 실해 보였다. 척 보기에 그렇다는 뜻이다. 길모의 눈으로 파고들면, 마치 허상을 뒤집어쓴 꼴이었다.

돈!

출처가 어디일까?

"상무님!"

상을 다 읽어낸 길모가 천천히 입을 열었다.

"나왔습니까?"

반태웅은 오직 결과만 기다리는 눈치였다.

"한 가지 자료가 필요합니다."

길모, 관상은 말하지 않고 엉뚱한 걸 원했다.

"자료라면?"

"이 일과 관련이 있는 분들의 사진이 필요합니다. 잘나온 동영상이면 더욱 좋고요."

"그게 왜?"

"손바닥은 홀로 박수치지 못하기에 그렇습니다."

"……."

"부담스러우시면 그만두셔도 됩니다. 저는 다만 더 정확한 관상을 위해……."

"그냥 사진만 보면 되는 겁니까?"

"예!"

그럼 잠깐 기다리세요."

반태웅은 장호에게 차량 열쇠를 넘겨주었다. 장호가 노트북을 가지고 오자 10만 원 수표 한 장을 건네주는 반태웅.

키보드 두드리는 손동작은 생각보다 깔끔하고 절제되어 있었다. 화면에는 바로 관련자들의 얼굴이 떠올랐다.

"이건 우리 사장님……."

처음으로 뜬 얼굴은 제국전산 사장 고상준이었다. 호칭 속에서리는 애잔함을 보니 그가 얼마나 충성을 했는지 알 것 같았다.

"그리고 이건……."

몇몇 관련자들의 얼굴이 스쳐 갔다. 네 번째, 그 화면에서 길모가 화면을 세웠다.

"잠깐만요. 이 사람은 누구죠?"

길모가 물었다. 30대 중반의 남자였다.

"우리 비서실장입니다. 내 직속 부하죠."

"……."

"안 좋습니까?"

"다음요."

길모는 대답대신 계속 진행을 요청했다. 두어 명이 더 넘어갔다. 그러다 또 한 번 길모가 화면을 세웠다. 중후한 얼굴을 한 남자. 4번 룸에서 검사들이 열어준 화면에 나오던 마창룡 의원이었다. 부장검사의 말마따나 키가 작았다. 그것도 아주!

"이분은 국회의원 아닌가요?"

"맞습니다. 사장님 유서, 아니 메모에 이름이 나온 사람의 한 사람입니다."

"그렇군요."

"동시에 가장 곤란을 겪고 있는 분이기도 하죠."

"가장 곤란하다면?"

"신문 같은 거 보셨으면 아시겠지만 그분 이름에 적힌 액수

가 가장 적거든요. 그런데 워낙에 인품이 좋던 분이고 유력 주
자로 부상하던 차에 구설수에 올랐으니……."

'다른 사람보다 치명타다?'

반태종의 심정을 알 것 같았다.

"이건 언제 사진이죠?"

"오래됐습니다. 전에 지구단위 재개발 사업 준공식 할 때 참
석하신 걸……."

"그렇군요."

사진은 한 사람 더 나오는 것에서 끝났다. 그 사진 또한 길모
의 시선을 쪽 빨아 당겼다. 바로 저 옆 룸에 있는 이지광 부장검
사였다.

화면을 끈 반태웅은 길모에게 시선을 떼지 않았다. 이제 그만
말해주시오. 그의 눈은 맹렬하게 말하고 있었다.

"관상을 말씀드리기 전에……."

길모는 담담한 시선으로 말문을 열었다.

"개인적으로 이번 일에 대해 어떻게 생각하십니까?"

"개인적이라면?"

"비자금 말입니다."

"……."

"……."

"비자금이라면 너무 거창하고, 사업을 하다 보니 비즈니스의
일환으로 접대를 한 적은 있습니다. 그건 우리나라 모든 기업의

천벌 대행자 287

관행이고요."

'관행……'

"관상을 하셨으니 고전도 많이 읽으셨겠지요. 한서에 보면 유전자생(有錢者生) 무전자사(無錢者死)라는 말이 나옵니다. 한 마디로 돈 있는 자 살아남고 돈 없는 자 죽는다는 말인데 그건 기업에서도 다르지 않습니다."

무전유죄!

고전은 위대하다. 그 깊은 뜻을 그 오래전에 알아 후대에 전 하고 있다니.

"뿐만 아니라 전가통신(錢可通神)이라는 말도 있지요."

전가통신.

돈이 있으면 신하고도 통한다는 뜻. 그 또한 진리에 속하는 말이었다. 천 회장의 돈. 그 돈이 반태종을 길모에게 보냈다. 신 이 관상에 새겨둔 운명을 알아보라고 말이다.

"하지만!"

듣고 있던 길모가 가만히 응수했다.

"전본분토(錢本糞土)라는 말도 있습니다."

돈은 본래 똥이거나 흙이다라는 뜻. 여기서 길모는 마음을 정 했다. 주인을 잃은 거액의 비자금.

'그런 게 있다면 그건 힘없고 억울한 사람들의 것!'

길모!

찜을 하고 말았다.

길모가 겸손하게 받아치자 반태종의 미간이 살짝 좁아졌다.

"제가 질문을 드린 건 다른 뜻이 아닙니다. 관상 역시 사람의 운명을 관장하는 일이라 천기에 속하지요. 그러니 하늘의 뜻에 거스르는 일은 제가 할 수 없기 때문입니다. 그런 마음이라면 하늘이 허락하지도 않을 테고요."

"오랜 관행이라고 말하지 않았소. 게다가 사장님은 이미 목숨을 다했고……."

"최소한 그분의 행위가 하늘을 거역하는 정도는 아니었다는 말로 받아들여도 되겠습니까?"

"그야 물론……."

대답하는 반 상무의 목소리가 가늘게 떨었다.

"그럼 상을 본 결과를 말씀드리지요."

"……!"

"상무님은 올해 관재구설수가 있습니다. 그게 강해서 상당 기간 심적 고통을 받게 될 것 같습니다만 다행히도 형옥의 상은 비치지 않습니다."

"그, 그게 정말입니까?"

반 상무가 반색을 하며 되물었다.

"하지만 거기에 옵션이 두 개 붙습니다."

"뭡, 뭡니까?"

"자칫하면 소탐대실하리니 남의 것을 탐내지 마라."

"……."

"내 것이 아닌 것은 물길 따라 흘러가게 내버려 두세요. 거기에 마음을 두면 형옥이 되어 돌아올 겁니다. 나아가 덕을 베푸세요. 관상에 있어 악재를 막는 유일함은 선행이니!"

길모의 손은 노트북 화면 속의 사람들을 더듬었다.

"마지막은⋯⋯."

길모가 반태종을 보며 천천히 입을 열었다.

"사장님의 사망 직전의 사진입니다. 횡액 방지에 필요하니 많을수록 좋습니다."

"⋯⋯."

"그리고 직전에 찍은 동영상이 있으면 그것도⋯⋯."

"그, 그걸 왜?"

"이 운은 상무님의 운이 아닙니다. 그분 운의 그림자를 덮어쓴 것이지요. 그러니 그림자 주인의 상을 보아야 부작용을 막을 수 있습니다."

"사장님은 사진이 따로 없습니다. 보도자료에 내는 건 10여년 전 대표이사 취임 때 사진이고 아까 준공식 때 사진도 거의 그 무렵이고⋯ 사망 직후에 찍은 몇 장과 장례식장에서 관에 누운 걸 찍은 사진밖에⋯⋯."

"⋯⋯."

"워낙 사진을 싫어하셔서⋯⋯."

"그럼 그거라도 가져오세요."

마음에 들지는 않지만 도리가 없었다.

길모… 죽은 사람의 얼굴을 찍은 사진이라니?

사자(死者)의 관상을 보려는 것인가? 죽은 사람의 관상을?

"그렇게만 하면 됩니까?"

반태종이 잔뜩 고무된 얼굴로 물었다. 검찰의 칼날이 겨눠지기 전. 운명을 읽어낸다는 길모의 말은 그에게 구세주에 다름 아니었다.

"네. 그렇게만 하면 형옥의 상은 확실히 방지됩니다."

"고맙습니다. 자료를 찾아다 드리지요. 하지만……."

반태종은 잠시 머뭇거리다 말을 이었다.

"아까 말했다시피 사장님이 사진 찍히는 걸 좋아하지 않으셨습니다. 그래서 동영상에도 근접 촬영은 거의 없을 수 있습니다."

반갑지 않은 말.

하지만 그 또한 도리가 없는 일.

"그건 제가 알아서 하지요."

길모가 말하자 반태종은 안도의 숨을 쉬었다.

기분이 좋아진 반태종은 술값도 천만 원을 치렀다. 860만 원 나온 계산서에 'Keep the change' 하고 인심을 쓴 것이다. 거스름돈은 가지라는 뜻이었다. 하긴 관상 복채로 2억을 투자한 판에 천만 원쯤이랴?

"잘 모셔라!"

길모는 대리로 윤표를 붙여주었다. 물론, 따로 내린 지시가 있었다.

부릉!

반태종의 세단은 그의 마음처럼 산뜻한 시동음을 내며 도로에 접어들었다.

[형!]

눈치 빠른 장호가 길모를 돌아보았다.

"감 잡았냐?"

[털 인간이에요?]

"아마!"

[진심이에요? 천 회장님이 소개한 분인데…….]

"천 회장님은 아니잖냐?"

[하지만 천 회장님이 아시면…….]

"그 양반이 알면 네가 고자질한 거다. 내가 말할 리는 없으니……."

[아, 진짜 꼭 말을 해도…….]

"내려가서 검색 좀 해봐라. 마창룡이라고 국회의원 나리신데 최신 사진으로. 동영상이면 더 좋고. 그리고 죽은 사장이 남긴 명함 리스트도 뽑아와."

[마창룡이요?]

"오케이!"

길모는 장호의 어깨를 밀었다.

제국전산 비자금 사건.

무려 800여억 원이라는 설이 나오는 초대형 비리.

길모는 정신이 무럭무럭 맑아지는 기분이 들었다.

이 일은 잘하면 한편의 새옹지마(塞翁之馬)가 될 수 있었다. 더구나 비자금은 원래부터 불법. 더구나 부패하고 타락한 국회 의원들의 용돈(?)으로 마련된 돈. 그런 돈이라면 길모가 두고 볼 수 없었다.

명함 리스트!

길모는 장호가 띄워놓은 화면을 보았다. 14명의 이름이 차례 로 써 있었다.

마창룡 1억.

서대욱 2억.

장길수 2억.

박기후 5억.

안치만 2억.

권혁환 3억…….

14명 리스트에 적힌 돈만 더해도 30억에 가까웠다. 길모는 리 스트의 순서에 주목했다. 어째서 마창룡이 먼저일까? 먹인 돈도 가장 적은데. 뇌물 액수 차례대로 쓴 걸까? 아니, 그것도 아니었 다. 길모는 고개를 갸웃거리며 사진으로 넘어갔다.

마창룡!

오늘 뉴스에 나온 얼굴이었다. 여자 기자들과 함께 서도 작아 보였다. 천연덕스럽게 웃으며 혐의를 부인했다. 웃는 얼굴이 다

부저 보였다.

다른 화면도 많았다. 국회의원이라 여기저기 얼굴 디밀길 좋아하는 까닭이었다. 길모는 화면을 움직이며 다각도로 관상을 살폈다. 그런 다음 회심의 미소를 머금었다.

[뭐가 나왔어요?]

장호가 수화를 그렸다.

"대박이다."

[뭔데요?]

"이 인간이 최고로 많이 처먹은 놈이야."

[에? 비자금을요?]

"그래. 적어도 수십억은 처먹은 거 같다. 재복궁에 돈줄이 터지기 직전이거든."

[진짜요? 한 푼도 안 먹었다고 하던데… 일 원이라도 먹었으면 의원직 사표 낸다고…….]

"그 인간들 상습적인 어투잖냐? 결정적 증거 나올 때까지는 절대 인정 안 하지. 선천적으로 오리발을 달고 태어난 인간들이라…….."

[그런데 왜 리스트에는 제일 조금 준 걸로?]

"어쩌면 동그라미를 한두 개 빠뜨린 건지도 모르지."

[오토바이에 시동 걸까요?]

장호는 당장이라도 털러 가려는 기세였다.

"번갯불에 콩 볶아먹을래? 금고부터 확인해야지."

[아차!]

길모는 장호의 머리를 문지르고는 대기실로 들어갔다.

"홍 부장님!"

아가씨 셋을 데리고 뭔가 교육을 하던 홍 마담이 반색을 했
다.

"바쁘시네요?"

"밥값은 해야지."

"수연이 나올 때 됐어요?"

"그럴걸? 들어간 지 한 시간 넘었으니까. 왜?"

홍 마담은 벽에 걸린 시간표를 보며 대답했다. 언제 만들었는
지 시간표에는 아가씨들의 룸 입출입 상황이 일목요연하게 적
혀 있었다.

"나오면 사무실로 좀 보내줘요."

"알았어."

홍 마담은 군말을 달지 않았다. 그건 사장에 대한 예우였다.

똑똑!

5분 정도 지나자 사무실 두드리는 소리가 들렸다. 수연은 돌
아선 채로 문을 닫았다. 얇은 시스루룩으로 몸매를 드러낸 수연
의 몸매가 길모의 시선을 끌었다. 술 한잔 먹은 남자라면 환장
할 실루엣이었다.

"부르셨어요?"

"응! 거기 앉아."

"괜찮아요. 지명 손님 온다고 해서 바로 나가봐야 하거든요."

"그 방에는 다른 아가씨가 들어갈 거야."

"......?"

수연이 파뜩 고개를 들었다.

"왜 그런 줄 알지?"

"무슨 말을 하는 건지……."

"내 입으로 말하면 경찰을 부를 거고, 네 입으로 말하면 용서
는 해줄게."

"예?"

"아직 아무에게도 말하지 않았어. 수연이도 프라이드가 있잖
아?"

"......?"

"그러니 네 입으로 말해. 영원히 비밀로 할 테니까."

"부장님……."

"하지만 그렇다고 해도 그 돈은 다 게워내야 해."

길모의 속내를 알지 못해 미적거리던 수연. 그제야 길모가 말
하는 의미를 깨달았다.

"부장님……."

"......."

길모는 담담한 표정을 지우지 않았다. 모든 것을 알고 있는
사람. 그러면서도 화를 내지 않는 사람. 죄 지은 사람 입장에서

는 이런 상황이 더 부담스럽게 마련이었다.

"잘못했어요."

결국 그녀가 무너졌다.

"실은 얼마 전부터 생리하는 날이면 나도 모르게……."

"알아!"

길모가 대답했다.

"안다고요?"

"수연이 관상에 나오잖아? 도둑은 도둑이되 진짜 도둑은 아니야. 그러니 경찰을 부르기 싫었어."

"……."

"쿨하게 살자. 돈은 돌려주고 치료받고 와. 그때 다시 웃으며 만나자."

"부장님!"

수연은 눈물을 머금은 채 세 건을 자백했다. 어떤 손님 돈을 얼마나 훔쳤는지도 낱낱이 적어주었다. 훔친 돈은 그 자리에서 카날리아 통장으로 송금되었다.

"수연이의 어머니가 아프십니다. 몇 달 간병하고 온다니까 그런 줄 아세요."

수연이 나간 후, 길모는 결과를 홍 마담에게 통보했다. 되찾은 돈은 며칠 후에 담당 부장들에게 돌려줄 생각이었다.

* * *

신새벽, 영업 마무리 직전에 룸에서 비명 소리가 새어 나왔다.

"꺄악!"

복도에 나와서 손님을 배웅하던 길모가 고개를 돌렸다. 비명의 진원지는 4번 룸이었다. 제일 먼저 이 부장이 나왔다. 그는 손님이 아니라 이숙희를 부축하고 있었다. 하얗게 질린 그녀의 얼굴. 길모는 알았다. 길모가 말한 관상이 적중했음을.

그녀의 남편이 목숨을 마감한 것이다.

"부장님……."

"얼른 가봐. 차 내줄 테니까."

"흑!"

"정신 바짝 차리고."

길모는 숙희를 부축해 캐딜락에 태웠다. 이번에도 기사는 윤표였다. 방금 전에 돌아왔지만 쉴 틈이 생기지 않은 것이다.

"홍 부장, 가까이 오지 마."

캐딜락이 급발진으로 도로로 나가자 이 부장이 고개를 저으며 물러섰다.

"왜요?"

"세상에… 숙희 남편 말이야. 이렇게 죽을 것도 알고 있었던 거잖아?"

"그건……."

"워매, 이건 인간이 아닙니다. 아주 저승사자가 따로 없다니까."

"그만하시고 조화나 준비하세요. 자정 직전에 죽었다니 내일이 발인이잖아요."

"그, 그러네."

"아가씨들 돈 걷지 말고요. 제가 따로 낼게요."

"그, 그럴래?"

"보험은 문제없는 거죠?"

"그럼. 사인하면 바로 효력난다고 그랬거든."

"……."

"그래도 다행이네. 아직 식은 안 올렸지만 혼인신고 했으면 남편인데 보상금이라도 받을 수 있게 되었으니……."

다행!

그 말이 귀를 타고 길모의 심장까지 흘러들었다.

'다행은 아니죠.'

길모는 혼자 고개를 저었다.

'기왕이면 미리 막아주었으면 좋았을 것을……'

늦었다고 생각할 때가 가장 빠른 때라고들 하지만, 인생은 언제나 조금씩 늦는 경우가 있다. 이번 일이 그랬다.

윤표는 돌아오지 않았다. 대신 문자가 들어왔다.

—형, 시간 좀 걸릴 거 같은데요?

길모는 재촉하지 않았다. 느긋함. 그 또한 어떤 일의 성패를
가르는 한 요인이었다.

부릉!

밥집에서 뜨끈한 국물로 배를 채운 길모와 장호, 캐딜락에 시
동을 걸었다.

[어디로 가요?]

장호가 물었다. 숙희의 남자가 죽었으니 묻는 질문이었다. 길
모는 잠시 생각에 잠겼다. 오늘은 길모도 피곤했다. 온갖 룸을
돌며 관상을 보는 건 쉬운 일이 아니기 때문이었다.

'하지만 숙희는…….'

가난한 아가씨였다.

미대를 꿈꿨지만 돈이 없어 학원을 제대로 다니지 못했다. 입
시 정보도 없었다. 오직 그림에 소질 있다는 것 하나만으로 도
전한 서울 소재 대학의 미대. 당연히 낙방이었다. 그녀는 입시
미술의 정보가 부족했다. 인터넷에 올라온 것만으로는 좋은 점
수를 따기에 역부족이었던 것이다.

유흥가에 발을 들이민 것도 가난 때문이었다. 전문대 1학년
때 혼자 숙희를 돌보던 아버지가 혼수상태에 빠졌다.

때마침 날라리 친구가 룸싸롱에 다니고 있었다. 그녀는 결국
친구 따라 강남으로 갔다. 강남에 소재한 룸싸롱이 그녀의 첫
유흥가 입문지였다.

고달픈 유흥가 생활이 시작되었지만 처음에는 보람도 있었

다. 밀린 아버지의 병원비도 갚았고, 수술비 때문에 미루던 수술도 받았다. 하지만 그뿐이었다. 숙희가 분투한 보람도 없이 아버지가 사망했던 것.

"병원으로 간다."

[한잠 때리고 가는 게?]

"나 내려주고 너는 가서 쉬어라."

[에이, 꼭 말을 해도 의리 없게…….]

"아무튼 가자."

지시를 내린 길모는 꽃집으로 전화를 했다. 조화는 모두 네 개를 주문했다.

카날리아 대표 홍길모.

서울전자 대표 서창윤.

강국신문사 이사 강대우.

이얀텔레콤 대표 이인철

회사명은 적당히 붙였다. 허세를 떨기 위한 건 절대 아니었다. 길모는 알고 있다. 가난한 사람들의 초상이 얼마나 초라한지. 너무 썰렁해 저승사자까지도 죽은 사람을 무시할 것 같음을.

언젠가 나이트클럽 웨이터를 할 때였다. 가난한 동료 하나가 상을 당했다. 그의 어머니가 시골 도로에서 뺑소니로 사망한 것이다. 길모는 마음이 아팠다.

문상객이 적은 것은 둘째 치고 장례식장이 한없이 썰렁했다.

그 흔한 조화 하나 오지 않은 것이다.

조화는 권력이다.

길모는 그때 깨달았다. 죽은 자에게도 등급이 있다는 걸. 그 길로 나가 입금시킬 돈으로 조화를 질렀다. 관리부장에게 욕을 얻어먹었지만 기분은 개운했었다.

장례식은 예상대로 썰렁했다.

아직 식을 올리지 않은 사이. 그러니 친한 친척이나 지인들 외에는 알릴 형편도 아니었다. 조화도 없었다. 남자의 집안도 변변치 못한 모양이었다.

[형, 보조 애들하고 아가씨들 부를까요?]

"……."

[너무 썰렁하잖아요?]

"좀 두고 보자."

그사이에 조화가 도착했다.

"부장님……."

문상을 마치자 숙희가 눈물을 쏟았다. 리본에 쓰인 이름을 보고 눈치를 챈 것이다.

"힘내고……."

숙희를 위로하며 남자 영정을 보았다. 꽤 오래전에 찍은 것 같은 사진. 그 얼굴의 눈꼬리에도 이미 엷은 흔적이 번지고 있었다. 진작 알았더라면 교제를 막을 수 있었을까? 그건 길모도 알 수 없을 일이었다.

인간이란 눈에 콩깍지가 씌우면 맹목적이 되니까.

"고마워요."

차라도 한 잔 마시라는 말에 자리를 잡고 앉았다. 워낙 손님이 휑하여 테이블이라도 채워야 할 판이었다.

"부장님……."

앞 자리에 앉은 숙희, 눈시울을 붉히며 조심스레 입을 열었다.

"덕분에 빚 안 지게 되었어요."

"빚?"

"그이, 알고 보니 저 모르게 사채하고 카드를 쓰고 있었어요. 한 1억 가까이 되더라고요. 보험이 아니었더라면 그 돈도 자칫 제가 떠안게 될 뻔……."

금전 독박운.

그게 사채였던 모야이다. 이래저래, 길모의 조치는 최악 속에서는 최상의 방책이었던 셈이다.

피곤한 몸 덕분에 등을 기대고 있다 보니 깜박 잠이 들었다. 장호도 그랬다.

"부장님, 피곤하실 텐데 식사 한 그릇하고 들어가 쉬세요."

숙희가 흔드는 소리에 길모는 잠에서 깨었다.

"……!"

맙소사, 시계를 본 길모는 눈을 의심했다. 깜빡이 아니라 한 잠을 제대로 자버린 것이다.

[아흠, 미친 듯이 잤나 봐요.]

장호도 일어났다. 하지만, 장례식장의 분위기는 아까와 별반 다른 점이 없었다.

[우리 아가씨들이라도 부르죠?]

장호가 길모에게 물었다.

"그래라."

길모가 수락했다. 다들 피곤한 아가씨들. 아무리 사장이라지만 문상까지 강요할 수는 없는 일이었다.

[어?]

막 문자를 날리려던 장호가 입구를 보면서 입을 쩌억 벌렸다.

[직원들이에요!]

장호의 수화가 바삐 그려졌다. 그랬다. 아가씨들이 밀려들고 있었다. 서 부장, 이 부장, 강 부장도 거의 같은 시간대에 들어섰다. 보조들과 주방 이모까지 온 것이다.

30여 명의 카날리아 직원들이 들어서자 장례식장에 온기가 돌기 시작했다. 숙희는 사람 수에 비례해 눈물을 쏟았다. 그때마다 아가씨들은 따뜻한 손길로 숙희를 위로했다.

아가씨들은 빠짐없이 봉투를 부의함에 담았다.

"부장님, 얘기 전달 안 했어요?"

길모가 이 부장에게 물었다. 길모가 대표로 내겠다고 전달했던 까닭이었다.

"홍 부장, 말도 마. 그거 얘기했다가 나 맞아죽을 뻔했잖아?"

"네?"

"애들이 부장님이 뭔데 자유의사를 막느냐는 거야. 자기들도 의리가 있다면서……."

"……."

"그래서 마음대로 하라고 했다. 나 짜르려면 짜르라고!"

"형님은……."

"그리고 고맙다. 홍 부장!"

"뭐가요?"

"저거 말이야!"

이 부장이 조화를 가리켰다.

"솔직히 빈말 아니고 방 사장님보다 네가 백배 낫다. 어떻게 저렇게까지 우리 얼굴을 세워주냐?"

"그야 형님들은 제 영원한 형님들이니……."

"어우, 이 짜식!"

이 부장은 다짜고짜 길모를 안아버렸다.

"허어, 지금 잔칫집 왔어요? 빨리 못 떨어져요?"

언제 다가왔는지 민선아가 귀여운 눈을 흘겨댔다.

문상을 마친 아가씨들은 제 일처럼 몸을 움직이고 있었다. 음식을 나르고 차를 나르고 오는 문상객들에게 인사까지 하면서.

"다들 와줘서 고맙습니다."

숙희가 다시 테이블로 와서 꾸벅 인사를 올렸다.

이제 꽉 찬 느낌의 장례식장. 숙희가 썰렁한 때문에 한 번 더 마음 아플 일은 없을 것 같았다.

길모, 잔을 들다가 얼른 내려놓았다. 하마터면 '건배'를 외칠 뻔했던 것이다.

'후우!'

관상왕도 실수한다. 그래서 인간이다. 길모는 혼자 안도의 숨을 몰아쉬었다. 그걸 눈치챈 장호가 앞에서 소리죽여 키득거리고 있었다.

『관상왕의 1번 룸』 9권에 계속…

초대형 24시 만화방

신간 100%, 샤워실, 흡연실, 수면실(침대석), 커플석, 세탁기 완비

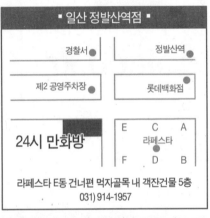

▪ 일산 정발산역점 ▪

라페스타 E동 건너편 먹자골목 내 객잔건물 5층
031) 914-1957

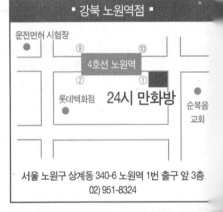

▪ 강북 노원역점 ▪

서울 노원구 상계동 340-6 노원역 1번 출구 앞 3층
02) 951-8324

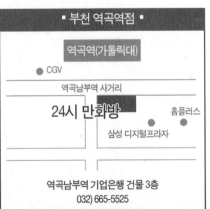

▪ 부천 역곡역점 ▪

역곡남부역 기업은행 건물 3층
032) 665-5525

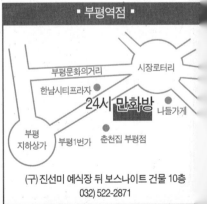

▪ 부평역점 ▪

(구) 진선미 예식장 뒤 보스나이트 건물 10층
032) 522-2871

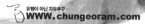

FUSION FANTASTIC STORY

비츄 장편소설

올 스탯 슬레이어

강해지고 싶은 자, 스탯을 올려라!
『올 스탯 슬레이어』

갑작스런 몬스터의 출현으로 급변한 세계.
그리고 등장한 슬레이어.

[유현석 님은 슬레이어로 선택되었습니다.]
"미친… 내가 아직도 꿈을 꾸나?"

권태로움에 빠져 있던 그가…

"뭐냐 너?"
"글쎄. 나도 예상은 못했는데, 한 방에 죽네."

슬레이어로 각성하다!

멱운 장편 소설

FUSION FANTASTIC STORY

전쟁 삼국지

2세기 말 중국 대륙.
역사상 가장 치열했던 쟁패(爭覇)의
시기가 열린다!

중국 고대문학을 공부하던 전도형,
술 마시고 일어나니 도겸의 둘째 아들이 되었다?

조조는 아비의 원수를 갚으러 쳐들어오고
유비는 서주를 빼앗으려 기회만 노리는데……

"역시 옛사람들은 순수하다니까.
　유비가 어설픈 연기로도 성공한 데는 다 이유가 있지, 암."

때로는 군자처럼, 때로는 효웅처럼!
도형이 보여주는 난세를 살아가는 법!

Book Publishing CHUNGEORAM

FUSION FANTASTIC STORY

비츄 장편소설

올 스탯
슬레이어

강해지고 싶은 자, 스탯을 올려라!
『올 스탯 슬레이어』

갑작스런 몬스터의 출현으로 급변한 세계.
그리고 등장한 슬레이어.

[유현석 님은 슬레이어로 선택되었습니다.]
"미친… 내가 아직도 꿈을 꾸나?"

권태로움에 빠져 있던 그가…

"뭐냐 너?"
"글쎄. 나도 예상은 못했는데, 한 방에 죽네."

슬레이어로 각성하다!